辛然 著

人间别久不成悲

宋词里的婉转悠扬

北京联合出版公司
Beijing United Publishing Co.,Ltd.

图书在版编目（ＣＩＰ）数据

人间别久不成悲 / 辛然著 . —北京：北京联合出版公司，
2011.10（2023.1 重印）
ISBN 978-7-5502-0393-8

Ⅰ.①人… Ⅱ.①辛… Ⅲ.①宋词－文学欣赏 Ⅳ.① I207.23

中国版本图书馆 CIP 数据核字 (2011) 第 222540 号

人间别久不成悲

作　　者：辛　然
出 品 人：赵红仕
责任编辑：徐秀琴
封面设计：赵银翠

北京联合出版公司出版
（北京市西城区德外大街83号楼9层 100088）
北京新华先锋出版科技有限公司发行
天津旭丰源印刷有限公司印刷　新华书店经销
字数189千字　620毫米×889毫米　1/16　14印张
2012年5月第1版　2023年1月第2次印刷
ISBN　978-7-5502-0393-8
定价：49.00元

目　录

第三辑　意先融

第四辑 流云断

第五辑 一梦归

英名常在，物是人非 /175

第一辑

初相见

念佳人音尘别后，对此应解相思。

最关情、漏声正永，暗断肠、花影偷移。

料得来宵，清光未减，阴晴天气又争知？

共澈恋，如今别后，还是隔年期。

人强健，清尊素影，长愿相随。

教我如何不想她

醉垂鞭 （双蝶绣罗裙） 张先

中国对美女的评价自古就有"环肥燕瘦"的说法。环肥燕瘦，说白了就是萝卜白菜，各有所爱。据说，四大美女之一的杨玉环，长得很胖，可谓是"丰乳肥臀"，但人家照样可以"回眸一笑百媚生"，足以使"六宫粉黛无颜色"。而历史上另一位著名的美女赵飞燕，却是生得瘦骨嶙峋，体态轻盈，犹如惊鸿照水，轻盈得能作"掌上舞"。当然，此二人之美只不过说明那个时代的审美趣味和封建帝王的喜好罢了，我们不妨再看看宝、钗、黛之间的感情纠葛。贾宝玉其实就是一个十足的叛逆青年，拿今天的话来说就是最时尚、最前卫的代表。他对"弱柳扶风"的林黛玉怜爱有加，却对"脸若银盘"的薛宝钗也钟情不已，以至于见了林妹妹就忘了宝姐姐，见了宝姐姐又忘了林妹妹。而最终选择林妹妹，倒不是因为宝姐姐长得太胖，而是因为人家"林妹妹从来不说那些混账话"。由此可见，自古以来关于女性的美，从来就没有一个固定的标准。

美，说得通俗一点，就是看着舒服，想着开心；说得理论

一点，就是人的本质力量的感
性显现；说得实际一点，就是
五官端正；说得夸张一点，就
是沉鱼落燕；说得唯物一点，
就是生活的本原；说得唯心一
点，就是闭月羞花；说得远一
点，就是断发文身；说得近一
点，就是新新人类……

在宋代，文人有狎妓的
爱好，俗话说家花没有野花
香，所以也就有大量的文学
作品是赠妓之作。张先的《醉
垂鞭·双蝶绣罗裙》就是最具有代表性的作品之一。

词人在一次酒宴上见到一位美丽的妓女。她身着彩绣双蝶
的罗裙，步态轻盈曼妙，罗裙飘飘，双蝶活灵活现，好似在花
间翩然飞舞。这就是词人对这位妓女的第一印象，也突出描写
了她的服饰、步态特征。"朱粉"二句描绘出她的容颜：略施
朱粉，淡妆素雅，仿佛是淡淡春意中绽放的一朵小花，给人一
种清新淡雅的感觉。随着人物的走近，此妓的美态、神韵都给
词人留下了深刻的印象。"细看"二句写词人与众宾客对此妓
的美态交口称赞：人人赞美她"柳腰身"，我则赞她"诸处好"，
前者强调她腰身的柔婉、曼妙，而后者则强调她浑身上下都显
得那么和谐、优美，所谓"情人眼里出西施"，就是这个道理

吧。此妓的舞姿、神韵如何呢？从"人人道"的间接反应和词人的主观感受中不难看出她舞姿的美妙。"昨日"两句似乎是离题横出之笔，但却是词人对此妓优美舞容的强烈印象："乱山昏"是形容她在舞蹈时，眼前的景象似乎是从群山中腾起缭乱、迷蒙的云霞，让人眼花缭乱。

全词表现了那个时代文人狎妓的诗酒风流生活。此词的意境之妙就在于亦真亦幻的情境。如"昨日"两句，很明显是脱胎于宋玉《高唐赋》，而从主人公所着的云衣生发，使人看了产生一种真中有幻的感觉，觉得她更加飘然若仙了。筵前赠妓之作，题材本属无聊。但是词人笔下的这幅美人素描还是相当动人的。妙处如"闲花"一句的以一胜多，"昨日"两句的真幻莫辨等。上阕的"闲花"意象，是出于客观的比较，是静态写意；而下阕的"乱云"意象，则是出于主观的感受，是动态传神。特别是"昨日"二句意象高妙，想象出奇，亦真亦幻，耐人寻味。这正是张先小令"韵高"的典型。

　　双蝶绣罗裙，东池宴，初相见。朱粉不深匀，闲花淡淡春。

　　细看诸处好，人人道，柳腰身。昨日乱山昏，来时衣上云。

柳腰：形容腰肢的苗条。

我们初次相见是在东池的酒宴上，她穿着一件绣有一对蝴蝶的罗裙。淡妆素抹，如同一朵颜色淡雅的小花，在春光中显得十分消闲。

仔细端详一番，才发觉她浑身上下都是那么和谐美好，让人不由得产生出爱怜之心，并非只是因为那柔细匀称的腰身，衣服上的图案则是更加动人，仿佛是黄昏时笼罩在云雾中的群山，烟云袅袅，犹如在衣服上平添了一片云彩。

宋代的文人与妓女

提到宋朝，就不得不说宋词，谈到宋词，就不得不说宋朝的文人，说到宋词和宋朝的文人，就不能回避宋朝的妓女。因为在宋代的文学作品中，妓女的身影随处可见。瑰丽的宋朝以其妩媚的魅力超越了汉唐，然而在这个皇朝建立之初，从赵匡胤开始就受制于北方的强敌。宋朝拥有世界上最庞大的战争机器（160 万军队），然而这却只是一个摆设，除了经常性地大溃败以外，还要为辽、西夏和极其残暴的金、元进贡惊人的巨额岁贡以乞求和购买和平。结果是宋朝开创了华夏首次被异族整体灭亡的先例，更以改变民族血性的国策成为中国文化的分水岭。在赵匡胤崇尚文人治国的国策指引下，宋朝浪漫委靡的文风，犹如杨梅大疮般泛滥成灾，形成了宋朝表面发达文盛实衰的国风。宋词的浪漫华丽举世瞩目，风靡全球。可这浪漫的国风却使武将们提不动刀、上不得马，一个个酥筋软骨，听到敌情便风声鹤唳，草木皆兵，继而望风而逃。而文人们则一个个卿卿我我，男欢女爱，投怀送抱，在自我陶醉中做着精粹的描写。这种文风，除了促进高度发达的妓院经济，引发人们做无病的呻吟外，对民族的进步发展毫无用处。

宋代是"程朱理学"大行其道的时代程朱理学是使中国封建社会走向衰落的一种最保守的哲学思想。从宋朝开始兴起的"存天理灭人欲"的理学，压抑人性，既违反自然发展的规律，也违反了社会发展的规律，虽然借助封建统治者的权力向全社会强制推行，而那些道貌岸然的道学家却有另外一副嘴脸，就拿程颐、程颢来说，一次，他们同赴宴会，程颐一看座中有两个妓女，便拂袖而去，而程颢却与主客尽欢而散。第二天，程颐对程颢谈到这件事情很不满意。程颢却强辩说："某当时在彼

与饮，座中有妓，心中原无妓；吾弟今日处斋头，斋中本无妓，心中却还有妓。"这种厚颜无耻的狡辩在以后的岁月中就成为不少人为自己的淫行作为进行辩解的辩护词。

宋朝是一个市民社会，娱乐业十分发达，且分工明确。按照政府计划与市场的需求将妓女分为了"官妓""市妓""私妓"。按类别分为"艺妓""色妓"等。宋朝妓女大部分是卖艺不卖身的，大抵相当于现代的文艺工作者。她们一般都是才貌双全，而且有的人对琴、棋、歌、诗、书、画等都有很深的造诣，有的甚至可以称得上是某一方面的艺术家了。"官妓"是最为人们所仰慕的。她们不只是相貌出众，而且还非常有才华。她们的品貌、学识、才智和艺术趣味都非常出众。现在的演员明星或从事文艺工作的女性恐怕都难以与之相比，因为以前的红楼女子是从小培养、不断熏陶出来的，而现在的一些演艺界女性，只要长得漂亮点儿，即使是只上了两年学就有可能成为明星。

宋朝民营的妓女业也是十分发达与活跃的。一是生活的富裕与社会的相对安定，有市场条件；二是人们开放的思想。宋朝有民间组织的"妓女"选美比赛，叫"评花榜"。评委由风流才子、失意文人或鄙视功名的隐于市者担任。总之不能是国家官员，因此也就没有了行政的干预，这和现代的选美比赛还是有所区别的。当时人们把妓女当成参加科考的秀才，评选出来的妓女分别授以状元、探花、榜眼等荣誉头衔。选美活动就是一次民间娱乐界的科举考试。这也反映了宋朝人思想的开放与灵活。

不管北宋还是南宋的文人雅士，只要能填词，那就说明他家里起码是有一定经济基础的，最不济也有个一官半职的。他们几乎与妓女都有过一定关系。但是，他们所填与妓女有关的词，不外是绮罗香泽之态、绸缪婉转之度，真正从妓女的生存处境考虑的几乎没有，说的难听点，他们都是把自己的快乐建立在妓女们的苦痛之上。晏欧等人的作品，大抵都是以其君子之心度妓女之腹，看多了难免让人恶心，即便是柳永、晏几道、周邦彦这样一些人所作的哀悯妓女的作品，也不过是他们自伤身世，借妓女之悲抒己身之痛，在妓女弱小堪怜的背影里寻找自己的影子，一句话——兔死狐悲罢了。

在大宋朝，即使是作为最高统治者的皇帝，纵然拥有三宫六院，也难以抵挡花街柳巷的诱惑。风流天子宋徽宗听说京师名妓李师师色艺双绝，在好奇心的驱使下化名赵乙，带了重礼，前往烟花聚集的地方镇安坊。老鸨李姥见来客出手阔绰，立即安排李师师来见。但李师师却摆谱，等了许久才出来，出来后，也淡妆不施脂粉，对客人不屑一顾。过了好一会儿，方才拿出古琴，弹了一曲《平沙落雁》。宋徽宗顿时为之倾倒，但李师师却始终冷面相向。第二次造访，宋徽宗亮出了真实身份，这一回李师师一笑百媚生，弹了一曲《梅花三弄》。自此以后，宋徽宗便不时派人送去厚赐。为了幽会方便，他还命人从皇宫挖了一条地道直达镇安坊。皇帝的荒淫无度，宋代妓女的魅力所在，由此可见一斑。大宋帝国日薄西山，国将不国，也就在情理之中了。

大宋朝可谓是文风销魂铄骨，民风委靡浮华。即使是富丽堂皇的宋词也难以遮掩整个社会的骄奢淫逸、糜烂透顶，更无法抵挡辽、西夏、金、蒙元对宋的杀戮与蚕食。当徽宗皇帝置三宫六院的嫔妃不理，却频频从狗洞巡幸妓院去品尝李师师这道地方小菜时，就在他把玩着李师师的三寸金莲沉思不已时，国防部长高太尉则亲自在门口站岗放哨……边关的警报已千百次地警告这个糜烂透顶的王朝，金国铁骑就要血洗汴梁了！

　　手如柔荑，肤如凝脂，颈如蝤蛴，齿如瓠犀，螓首娥眉，巧笑倩兮，美目盼兮。

——《诗经·卫风·硕人》

　　清水出芙蓉，天然去雕饰。

——李白

《经乱离后天恩流夜郎忆旧游书怀赠江夏韦太守良宰》

相见不如怀念

鹊桥仙 (纤云弄巧) 秦观

牛郎织女七夕相会的故事，汉魏以来一直吟唱不绝。《鹊桥仙》原是为歌颂牛郎、织女的爱情故事而创作的乐曲。而秦观的这首《鹊桥仙》也正是吟咏这一神话的。

借牛郎织女的故事，以超人间的方式表现人间的悲欢离合，古已有之，如《古诗十九首》中的"迢迢牵牛星"、曹丕的《燕歌行》、李商隐的《辛未七夕》，等等。宋代的欧阳修、柳永、苏轼、张先等人也都曾吟咏过这一题材，虽然遣词造句各异，却都因袭了"欢娱苦短"的传统主题，格调哀婉、凄楚。相形之下，秦观的这首词堪称独出机杼，立意高远。能够另辟蹊径，融写景、抒情和议论于一体，迥出前人之上。

这首词以牛郎织女的神话传说为依托，想象超出天外，而意境落在人间，构思极为巧妙。上阕重点叙写两星相会。"纤云弄巧"的美景与七夕良辰彼此衬托。星流如飞，可以看出相会心情的迫切，毕竟一年一次，等待太久，因此疾飞之中，恨意未消。歇拍以二星秋夕相逢与人间长相厮守作为对比，揭示出二星七夕相会的意义其实远在人间之上。上阕的境界轻柔超逸，写爱写恨都非常贴切到位。写佳期相会的盛况，"纤云弄巧"二句为牛郎织女每年一度的聚会渲染气氛，用墨经济，笔触轻盈。"银汉"句写牛郎织女渡河赴会的情节。"金风玉露"二句则由叙述转为议论，表达出词人的爱情理想：他们虽然难得见面，仍然是心心相印、息息相通，而一旦得以聚会，在那清凉的秋风白露中，他们互诉衷肠，倾吐心声，是那样富有诗情画意！这岂不远远胜过尘世间那些长相厮守却貌合神离的夫妻？

　　下阕则是写两星的依依惜别之情。"柔情似水"，就眼前取景，形容牛郎织女缠绵此情，犹如天河中的悠悠流水。"佳期如梦"，既点出了欢聚的短暂，又真实地揭示了他们久别重逢后那种如梦似幻的心境。"忍顾鹊桥归路"，写牛郎织女临别前的依恋与怅惘。不说"忍踏"而说"忍顾"，意思就变得更为曲折。"两情若是"二句对牛郎织女致以深情的慰勉：只要两情至死不渝，又何必贪求卿卿我我的朝欢暮乐？这一惊世骇俗、振聋发聩之笔，使全词升华到了一个崭新的思想境界。"柔情似水，佳期如梦"二句，不但对仗精工，而且体物细微，

极写相会时的缱绻情态，让人如梦如幻，如痴如醉。"忍顾"句意思急下。"忍顾"实是"不忍顾"，旧恨刚消，新恨又生，来路转成归路，佳期翻成记忆，故其惆怅如此，怨叹如此。下拍两句复又振起，提出爱情的质量是以两情相悦的长久来衡量的，而并非是以朝暮相守的形式为依据的。显然，词人否定的是朝欢暮乐的庸俗生活，歌颂的是天长地久的忠贞爱情。在他的精心提炼和巧妙构思下，古老的题材化为闪光的笔墨，迸发出耀眼的思想火花，从而使所有平庸的言情之作黯然失色。这首词将抒情、写景、议论融为一体。意境新颖，设想奇巧，独辟蹊径。写得自然流畅而又婉约蕴藉，余味隽永。

全词写了牛郎织女的孤独寂寞，但在寂寞中有提升；写了牛郎织女的忧伤，但忧伤中又有超脱。这种有入有出的抒情方式明显是受到苏轼等人的影响。也许正是因为这一点，沈际飞《草堂诗馀正集》说："七夕以双星会少别多为恨，独谓情长不在朝暮，化臭腐为神奇。"确实，古往今来涉及此题材的作品，大多哀怨满纸，鲜有达观之辞，或以七夕一会胜却人间无数的，辗转相承便成俗套。从这个角度说，沈际飞以"化臭腐为神奇"之语评说秦观此词，并非虚誉。

纤云弄巧，飞星传恨，银汉迢迢暗度。金风玉露一相逢，便胜却人间无数。

柔情似水，佳期如梦，忍顾鹊桥归路。两情若是久长时，又岂在朝朝暮暮。

鹊桥仙：此调专咏牛郎织女七夕相会事。始见欧阳修词，中有"鹊迎桥路接天津"句故名。又名《金风玉露相逢曲》《广寒秋》等。双调，五十六字，仄韵。

纤云：织薄的云彩。弄巧：指云彩在空中幻化成各种巧妙的花样。

飞星：流星。一说指牵牛、织女二星。

银汉：银河。

迢迢：遥远的样子。

暗渡：悄悄渡过。

金风玉露：指秋风白露。李商隐《辛未七夕》："由来碧落银河畔，可要金风玉露时。"

忍顾：怎忍回视。

朝朝暮暮：指朝夕相聚。语出宋玉《高唐赋》。

　　纤细的彩云在卖弄她的聪明才智，精巧的双手编织出绚丽的图案；隔着银河的牛郎织女在等待着相见，暗暗传递着长期分别的愁怨。银河啊，尽管你迢迢万里渺无边际，今夜，他们踏着鹊桥在你河边会面。金色的秋风，珍珠般的甘露，一旦闪电似的相互撞击便会情意绵绵：哪怕每年只有这可怜的一次，也抵得上人间的千遍万遍！摄魂夺魄的蜜意柔情，秋水般澄澈，长河般滔滔不断；千盼万盼盼来这难得的佳期，火一般炽热却又梦一般空幻。啊，怎能忍心回头把归路偷看——真希望喜鹊搭成的长桥又长又远。只要两个人心心相印——太阳般长

久，宇宙般无限；尽管一年一度相聚，也胜过那朝朝欢会，夜夜相伴。

牛郎与织女

传说在很久以前，山里住着户人家，老人们都死了，家里只剩下兄弟俩。老大娶了媳妇，这媳妇心肠狠毒，总想独占老人留下的家业。她找了个借口，要和老二分家。老二是个有骨气的人，就说："分家可以，我什么也不要，只要父母留下的那头老黄牛！"嫂嫂听了很高兴。于是，第二天，老二就赶着牛离开了家。

走到一座山下，天色已经很晚了。老二想，干脆就在这儿住下吧！他砍了好多树枝，在山坡搭了个棚子，就和老黄牛在这儿落户了，他和老黄牛相依为命，靠种地养活自己，于是大家都叫他"牛郎"。

一天夜里老黄牛给牛郎托了个梦，梦里对牛郎说："到明天午时三刻，我要回天庭去了。我走之后，你把我的皮剥下来，等到七月初七那天，把它披在身上，你就能够上天了。王母娘娘有七个女儿，那天她们都会到天河里去洗澡。记住，那个穿绿衣裳的仙女就是你的媳妇。你千万不要让她们看见你，等她们都到了水里，你抱了绿色的衣裳就往回跑，她一定会去追你。只要你回了家，她就不会走了。"

牛郎醒来看见老黄牛死了，十分伤心，按照梦里的嘱托剥下牛皮，把牛的尸体掩埋起来。

到了七月初七，牛郎按照老黄牛的交代来到天河边，果然看见七仙女们在天河沐浴。他抓起绿色的衣服，一口气跑回家。那个穿绿衣的仙女也跟着追到了他家。绿衣仙女是王母娘娘的第三个女儿，她看到牛郎虽然家里很贫困，却心地很好，也很勤劳，就决定留下来和他一起生活。她每天织布，织布的技术很好，于是大家都叫她"织女"。牛郎和织女一个种地，一个织布，过着幸福的生活。几年以后，他们有了一对儿女。

天上的王母娘娘知道了这件事情，非常气愤，就趁牛郎不在把织女抓回天庭。牛郎回家不见了妻子，就知道是王母娘娘来过了。他立刻把儿女装进篮筐，挑上担子，披上牛皮追上天去。眼看就要追上了，王母娘娘转过身，用头上的簪子在身后一划，划出了一条大河，牛郎和孩子过不去了。一家人隔着天河痛哭流涕。

王母娘娘看到这种场面，心也软了，便准许他们每年七月初七见一次面。据说到了那一天，所有的喜鹊都会衔来树枝，帮他们在天河上搭起一座桥，牛郎和织女就在"鹊桥"上相会。

"七夕节"就是这么来的。现在在中国的一些地方，还保留着女孩在"七夕"那天祭花神"乞巧"的习俗，希望天神能够让她们找到如意郎君。

牛郎织女是我国最有名的一个民间传说，是我国人民流传最广的关于星星的故事。南北朝时期写成的《荆楚岁时记》里有这么一段："天河之东，有织女，天帝之子也。年年织杼役，织成云锦天衣。天帝怜其独处，许嫁河西牵牛郎。嫁后遂废织纤。天帝怒，责令归河东。唯每年七月七日夜，渡河一会。"

　　关于织女，古书里还有几处提到她。《后汉书·天文志》："织女，天子真女。"《史记》："三星，在天纪东端，天女也。"《焦林大斗记》："天河之东，有星微微，在氐之下，谓之织女。"天河就是我们在夜里看到的那条横贯天空的光带；我国古人也把它叫做"银汉""星河""天杭""银潢""明河""高寒"，等等。现在天文学家叫它"银河"。织女星在银河的东边，它的西名是 Vega。历史上我国的劳动人民把天空分作二十八宿和三桓，现在全世界的天文学家公定把天空分作 88 个"星座"。织女星是天琴星座里最亮的恒星。附近的银河里有五个几乎一样亮的恒星排成十字架的形状，那五个星属于天鹅座。银河的西边稍为靠近南边一点有三个星排得很近，中间那个比较亮一些

的星就是牛郎星，也叫牵牛星，我国古称"河鼓""何鼓""黄姑"。牛郎星是天鹰座里最亮的恒星。它和两旁那两个亮度小一点的星，有时被人们合起来称为"扁担星"。神话里说旁边那两个星是牛郎和织女所生的孩子。天鹅在银河里漂游，河畔有一位姑娘在织布，对岸有一个牧人带着两个小孩子在放牛。这是一幅多么美丽温馨的图画。

> 秋风萧瑟天气凉，
> 草木摇落露为霜，
> 群燕辞归雁南翔。
> 念君客游多思肠，
> 慊慊思归恋故乡，
> 君何淹留寄他方？
> 贱妾茕茕守空房，
> 忧来思君不敢忘，
> 不觉泪下沾衣裳。
> 援琴鸣弦发清商，
> 短歌微吟不能长。
> 明月皎皎照我床，
> 星汉西流夜未央。
> 牵牛织女遥相望，
> 尔独何辜限河梁？
>
> ——曹丕《燕歌行》

迢迢牵牛星，皎皎河汉女。

——《古诗十九首》

北斗佳人双泪流，眼穿肠断为牵牛。

——曹唐《织女怀牵牛》

爱美人不爱江山

宴山亭北行见杏花 （裁剪冰绡） 赵佶

这是宋徽宗赵佶于公元 1127 年与其子钦宗赵桓被金兵掳往北方时在途中所写的词，是词人悲惨身世、遭遇的写照。全词通过写杏花的凋零，借以抒发词人的身世之感和自己悲苦无告、横遭摧残的命运。帝王与俘虏两种生活的对比，使他唱出了家国沦亡的哀音。上阕描绘杏花开放时的娇艳及遭受风雨摧残后的凋零。下阕写离恨。抒发内心的故国之思。词中以花喻人，抒写真情实感。百折千回，悲凉哀婉。

词的上阕先以细腻的笔触描绘杏花的外形和神态，勾勒出一幅绚丽的杏花图。然后细写杏花，是对一朵朵杏花形态、颜色的具体形容。杏花的花瓣好似一叠叠冰清玉洁的缣绸，经过巧手裁剪出重重花瓣，又轻轻地晕染上浅淡的胭脂。朵朵花儿都是那样精美绝伦。"新样"三句，先以杏花比拟装束入时而匀施粉黛的美人，她们的容颜光艳照人，散发出阵阵暖香，胜过天上蕊珠宫里的仙女。"羞杀"两字，是说连天上的仙女看见她都要自愧不如，由此进一步衬托出杏花的形态、色泽和芳

香都是不同于凡俗的花，也充分表现了杏花盛开时的动人景象。

随后词人笔锋突转，描写杏花遭到风雨摧残后的黯淡场景。春日绚丽非常，正如柳永《木兰花慢》中所云："正艳杏烧林，缃桃绣野，芳景如屏。"但过不了多久就逐渐凋谢，又经受不住料峭春寒和无情风雨的摧残，终于花落枝空；更可叹的是暮春的时候，庭院无人，美景已随春光逝去，显得那样凄凉冷寂。这里不仅是在怜惜杏花，同时也是在自怜。试想词人以帝王之尊，沦为阶下之囚，流徙至千里之外，其心情之愁苦非笔墨所能形容，杏花的烂漫和容易凋零引起他的种种感慨和联想，往事和现实交织在一起，使他感到杏花凋零，犹有人怜，而自身沦落，却只空有"故国不堪回首月明中"的无穷慨恨。"愁苦"之下接一个"问"字，其含意与李后主的"问君能有几多愁，恰似一江春水向东流"亦相仿佛。

词的下阕，以杏花的由盛转衰暗示词人自身的境遇，抒写词人对自身遭遇的沉痛哀诉，表达出词人内心的无限苦痛。前三句写一路走来，忽见燕儿双双，从南方飞回寻觅旧巢，不禁有所触发，本想托付燕儿寄去重重离恨，再一想它们又怎么能够领会和传达自己的千言万语？但是除此以外又将凭谁来传递音讯呢？词人在这里借着询问燕子表露出音讯断绝以后的思念之情。

"天遥"两句是徽宗叹息自己父子同时降为臣虏，与宗室臣僚三千余人被驱赶着向北走去，路途是那样的遥远，艰辛地跋涉了无数的山山水水，"天遥地远，万水千山"这八个

字，概括出他在被押解途中所遭受的种种磨难。

回首南望，再也见不到汴京的故宫，真可以说是"别时容易见时难"了。以下紧接上句，以反诘说明怀念故国之情，然而，"故宫何处"点出连望都不可能望见，只能求之于梦寐之间了。梦中几度重临旧地，带来了片刻的安慰。结尾两句写绝望之情。晏几道《阮郎归》的最后两句"梦魂纵有也成虚，那堪和梦无"，秦观的《阮郎归》结尾"衡阳犹有雁传书，郴阳和雁无"，都是同样的意思。梦中的一切，本来就是虚幻的，但近来连梦都不做了，真是一点希望都没有了，反映出内心百折千回，可以说是哀痛已极，肝肠寸断之音。

裁剪冰绡，轻叠数重，淡着胭脂匀注。新样靓妆，艳溢香融，羞杀蕊珠宫女。易得凋零，更多少无情风雨。愁苦。问院落凄凉，几番春暮。

凭寄离恨重重，这双燕，何曾会人言语。天遥地远，万水千山，知他故宫何处。怎不思量，除梦里有时曾去。无据。和梦也新来不做。

冰绡：洁白的绸。

蕊珠宫女：指仙女。

凭寄：凭谁寄，托谁寄。

无据：不可靠。

和：连。

　　杏花的花瓣就像是用洁白透明的丝绸裁剪的，杏花如同淡妆的仙女。可是那娇艳的花朵最容易凋落飘零，又有那么多凄风苦雨，无意也无情。这情景实在令人生出许多愁苦之情，不知经过多少时间，院落中只剩下一片凄清。我被拘押着向北方走去，谁能够体会这重重的离恨？这双燕子，又怎能理解人的心情？已经走过了万水千山，哪里还能看到故宫的影子？细细思量，却只能在梦里相逢。可又不知是何缘故，近来竟连梦也没有了。

青楼天子艺术皇帝——宋徽宗

　　北宋徽宗赵佶，曾先后被封为遂宁王、端王。哲宗皇帝于公元 1100 年正月病死时无子，向皇后于同月立赵佶为帝。第二年改年号为"建中靖国"。

　　赵佶即位后不久，即重用蔡京、王黼、童贯、梁师成、李彦、朱勔，时称六贼。赵佶生活极其奢侈，滥增捐税，大肆

搜刮民脂民膏，大兴土木，修建华阳宫等宫殿园林。他还设立苏杭应奉局，搜刮江南民间的奇花异石，被称为"花石纲"，运送到汴京，修筑"丰亨豫大"（即丰盛、亨通、安乐、阔气的意思）的园林，名为"艮岳"，北宋政府历年积蓄的财富很快就被挥霍一空。"花石纲"又害得许多百姓倾家荡产，家破人亡。谁家只要有一花一石被看中了，官员们就带领差役闯入民宅，用黄纸一盖，标明这是皇上所爱之物，不得损坏，然后就拆门毁墙地搬运花石，用船队运送到汴京。有一次用船运一块四丈高的太湖石，一路上强征了几千民夫摇船拉纤，遇到桥梁太低或城墙水门太小，负责押运的人就下令拆桥毁门。有的花石体积太大，河道不能运，官员就下令由海道运送，常常造成船翻人亡的惨剧。人民在此残害之下，痛苦不堪，爆发了方腊、宋江等农民起义，赵佶又派兵进行了血腥镇压。

赵佶还崇信道教，大建宫观，自称教主道君皇帝，并经常请道士看相算命。他的生日是五月初五，道士认为不吉利，他就改成十月初十；他的生肖为狗，为此下令禁止汴京城内屠狗。

赵佶在政治上是一个昏君，但是他在艺术上却造诣颇深，还是一位才华卓著的书画家，他创造了一种书体被称为"瘦金体"，而且他还最擅长工笔花鸟画。

公元1125年10月，金军大举南侵，金军统帅宗望统领的东路军在北宋叛将郭药师引导下，直取汴京。赵佶接到报告，连忙下令取消花石纲，下《罪己诏》，承认了自己的一些过错，想以此挽回民心。然而此时金兵已经长驱直入，逼近汴京。徽宗又急又怕，拉着一个大臣的手说："没想到金国人这样对待我。"话没说完，一口气塞住了喉咙，昏倒在床前。被救醒后，他伸手要纸和笔，写了"传位于皇太子"几个字。12月，他宣布退位，自称"太上皇"，让位于儿子赵桓（钦宗），带着蔡京、童贯等贼臣，借口烧香仓皇逃往安徽亳州蒙城（今安徽省蒙城）。第二年4月，围攻汴京的金兵被李纲击退北返，赵佶才回到汴京。

公元1126年闰11月底，金兵再次南下。12月15日攻破汴京，金帝将赵佶与其子赵桓废为庶人。公元1127年3月底，金帝将徽、钦二帝，连同后妃、宗室，文武百官数千人，以及教坊乐工、技艺工匠、法驾、仪仗、冠服、礼器、天文仪器、珍宝玩物、皇家藏书、天下州府地图等押送北方，汴京中公私积蓄被掳掠一空，北宋灭亡。因此事发生在靖康年间，史称"靖康之变"。

靖康之变后，徽宗赵佶被金国囚禁了9年。公元1135年4月甲子日，终因不堪精神折磨而死于五国城，金熙宗将他葬于

河南广宁（今河南省洛阳市附近）。公元1142年8月乙酉日，
宋金根据协议，将赵佶遗骸运回临安（今浙江省杭州市），由
宋高宗葬之于永佑陵，立庙号为徽宗。

沾衣欲湿杏花雨，吹面不寒杨柳风。

——志南《绝句》

小楼一夜听春雨，深巷明朝卖杏花。

——陆游《临安春雨初霁》

月婵娟，情缠绵

绿头鸭咏月（晚云收）晁端礼

晁端礼的《绿头鸭·咏月》是一首描写中秋月景兼而怀人的佳作。此词以清婉和雅的语言，对中秋月景和怀人情思作了细腻传神的描写。胡仔《苕溪渔隐丛话》对本词给予了高度评价："中秋词，自东坡《水调歌头》一出，余词尽废，然其后又岂无佳词？如晁端礼《绿头鸭》一词殊清婉，但樽俎间歌喉，以其篇长惮唱，故湮没无闻矣。"

开头两句"晚云收，淡天一片琉璃"，一笔宕开，为下边的铺叙开拓了广阔的领域。晚云收尽，淡淡的天空里出现了一片琉璃般的色彩，这就预示着皎洁无伦的月亮即将升起，以下的一切景和情都从这里生发出来。接着"烂银盘"句写海底涌出了月轮，放出了无边无际的光辉，使人们胸襟开朗，不觉得注视着天空里的玉盘转动。"莹无尘、素娥澹伫；静可数、丹桂参差"写嫦娥素装伫立，丹桂参差可见，把神话变成了具体的美丽形象。"莹无尘""静可数"和上边所说的"晚云收""千里澄辉"的脉理暗通。到这里，月光和月中景已经写得很丰满。中秋是露水初降，天气已凉未寒时，是四季中最宜人的节候，良辰美景，使人流连。"疏萤时度，乌鹊正南飞"化用了曹操"月明星稀，乌鹊南飞"和韦应物"流萤度高阁"的名句，写出了在久坐之中、月光之下所看到的两种景物，这是一片幽寂之中的动景，两种动态的景物显得深夜更加静谧。"瑶台冷，栏干凭暖，欲下迟迟"中的"栏干凭暖"表明，赏月人先是坐着的，而且坐得很久；后来是凭栏而立的，立的时间也很长，以致把栏干都偎暖了，从而委婉地表现出词人不单单是留恋月光，而是在望月怀人。结语直抒词人的怀人情意，曰"欲下迟迟"。

　　过片"念佳人音尘别后，对此应解相思"这两句，上承"欲下迟迟"，下启对情思的描写。过片接得自然妥帖，浑然无迹，深得宛转情致。下面主要从对方写起。遥想对方在此夜里

"最关情"的当是"漏声正永""暗断肠"的应为"花影偷移"。随着漏声相接、花影移动，时间在悄悄地消逝，而两人的相会仍遥遥无期，故而有"暗断肠"之语。料想明天月夜，清光也未必会减弱多少，只是明天夜里是阴是晴，谁能预料得到呢？两人之所以共同留恋今宵清景，是因为今年一别之后，只能等到明年再相见了。这是接写对方的此夜情，自己怀念对方的情思，不从自己方面写出，而偏从对方那里写出，对方的此夜情，也正是自己的此夜之情；写对方也是写自己，心心相印，虽遥隔两地而情思如一，越写越深婉，越写越显出两人音尘别后的深情。歇拍三句"人强健，清尊素影，长愿相随。"结得雍容和婉，有不尽之情，而无衰飒之感。这首词的结句与苏东坡的《水调歌头》结句，"但愿人长久，千里共婵娟"，都是从谢庄《月赋》"隔千里兮共明月"句化来。但苏词劲健，本词和婉，艺术风格迥然不同。

这首长调词在词人笔下操纵自如，气脉贯串，不蔓不枝，徘徊宛转，十分出色。其佳处在于起得好，过得巧，而结得奇。正如沈义父评说长调慢词时所说的，"第一要起得好，中间只铺叙，过处要清新，最紧是末句，须是有一好出场方妙"（《乐府描述》），这首词的末句堪称"一好出场"，显露了全词的和婉之妙。

晚云收，淡天一片琉璃。烂银盘、来从海底，皓色千里澄辉。莹无尘、素娥澹伫；静可数、丹桂参差。

玉露初零，金风未凛，一年无似此佳时。露坐久，疏萤时度，乌鹊正南飞。瑶台冷，栏干凭暖，欲下迟迟。

念佳人音尘别后，对此应解相思。最关情、漏声正永，暗断肠、花影偷移。料得来宵，清光未减，阴晴天气又争知？共凝恋，如今别后，还是隔年期。人强健，清尊素影，长愿相随。

烂银盘：形容中秋月圆而亮。

素娥：嫦娥的别称。

澹伫：淡雅宁静。

丹桂：传说月中有桂树，高五百丈。

玉露：白露，露珠。

金风：秋风。五行中秋属金，故称秋风为金风。

夜晚，天上的云彩都已经飘散，淡淡的天空出现一片琉璃的光彩。明亮皎洁的月亮从海底升起来了，光辉照耀千里。月亮是那么的安静而美丽，仿佛可以看见嫦娥伫立其中，桂树参差摇曳。露水悄悄落下，秋风也并不寒冷，这是一年中最好的时节。静静地坐着，萤火虫不时飞过，乌鹊向南边飞去。天气渐冷，凭栏远眺把栏杆都偎暖了，但是仍久久不愿离去。想念佳人，自从分别之后，相思之情就缠绕着我，时光流逝，思念之情与日俱增，然而相会却遥遥无期。想象明天的月夜，清光未必会减少，但是明天夜里的天气谁又能知道是什么样呢？之所以留恋今天的光景，是因为今天一别要一年之后才能相见。一杯清酒，对影而饮，只愿能够长相厮守。

嫦娥奔月与吴刚砍桂

相传，远古时候的这一年，天上同时出现了十个太阳，大地都被烤得冒烟，海水也枯竭了，老百姓眼看就无法生活下去了。

这件事情惊动了一个名叫后羿的英雄，他登上昆仑山顶，运足神力，拉开神弓，一口气射下了九个太阳。

后羿因此立下了盖世奇功，受到百姓的尊敬和爱戴，不少志士都慕名前来投师学艺。奸诈刁钻、心术不正的蓬蒙也混了进来。

不久，后羿娶了一位美丽善良的妻子，名叫嫦娥。后羿除了传艺狩猎以外，终日和妻子在一起，人们都羡慕这对郎才女貌的恩爱夫妻。

一天，后羿到昆仑山访友求道，巧遇由此经过的王母娘娘，便向王母求得了一包不死药。据说，服下此药，即刻就能够升天成仙。

然而，后羿舍不得撇下自己的

妻子，于是就把不死药交给嫦娥珍藏。嫦娥将药藏进梳妆台的百宝匣里，不料被蓬蒙看到了。

三天后，后羿率众徒外出狩猎，心怀鬼胎的蓬蒙假装生病，留了下来。

待后羿率众人走后不久，蓬蒙手持宝剑闯入内宅后院，威逼嫦娥交出长生不死药。嫦娥知道自己不是蓬蒙的对手，危急之时她当机立断，转身打开百宝匣，拿出不死药一口吞了下去。

嫦娥吞下药，身子立刻就飘离了地面、冲出窗口，向天上飞去。由于嫦娥牵挂着丈夫，便飞落到离人间最近的月亮上成了嫦娥仙子。

傍晚，后羿回到家里，侍女们向他哭诉了白天发生的事情。后羿既惊又怒，抽剑去杀恶徒，蓬蒙早已逃走了。气得后羿捶胸顿足哇哇大叫。悲痛欲绝的后羿，仰望夜空呼唤着爱妻的名字。这时他惊奇地发现，今天的月亮格外皎洁明亮，而且有一个晃动的身影酷似嫦娥。

后羿急忙派人到嫦娥喜爱的后花园里，摆上香案，放上她平时最爱吃的蜜食鲜果，遥祭在月宫里眷恋着自己的嫦娥。

百姓们听说嫦娥奔月成仙的消息后，纷纷在月下摆设香案，向善良的嫦娥祈求吉祥平安。从此，中秋节拜月的风俗便在民间流传开了。

而古籍中关于嫦娥的传说则与现代流传甚广的"嫦娥奔月"完全不同，如《淮南子·览冥训》："羿请不死之药于西王母，嫦娥窃以奔月，怅然有丧，无以续之。"高诱对此注释说："嫦娥，羿妻；羿请不死之药于西王母，未及服食之，嫦娥盗食之，得仙，奔入月中为月精也。"《全上古文》辑《灵宪》则记载了"嫦娥化蟾"的故事："嫦娥，羿妻也，窃王母不死药服之，奔月。将往，枚占于有黄。有黄占之曰：'吉，翩翩归妹，独将西行，逢天晦芒，毋惊毋恐，后且大昌。'嫦娥遂托身于月，是为蟾蜍。"嫦娥变成癞蛤蟆后，在月宫中终日被罚捣不死药，过着寂寞清苦的生活，李商隐曾有诗感叹嫦娥："嫦娥应悔偷灵药，碧海青天夜夜心。"

在众多关于月亮的传说中，还有一种是说月亮里有一棵高五百丈的月桂树。汉朝时有一个叫吴刚的人，他长年醉心于仙

道而不专心学习，于是就被贬到月亮里砍月桂树，但是月亮中的月桂随砍随合，砍伐不尽，因而后世的人才得以见到吴刚在月中无休止地砍伐月桂的形象。

暮云收尽溢清寒，银汉无声转玉盘。此生此夜不长好，明月明年何处看。

——苏轼《中秋月》

云母屏风烛影深，长河渐落晓星沉。嫦娥应悔偷灵药，碧海青天夜夜心。

——李商隐《嫦娥》

等你等到花儿都谢了

秦楼月 (楼阴缺) 范成大

　　宋代词人范成大的词集中一共有五首《忆秦娥》，内容都是写春闺少妇怀人之情的。前四首分写一天中朝、昼、暮、夜四时的心绪，后一首写惊蛰日的情思，为前四首的补充和发展。看来这五首词是经过周密构思的一个整体，绝非文字游戏，也不是实写闺情，而是别有寄托的作品。

　　所谓寄托，即托词中少妇的怀人之情寄托了词人本人的爱君之意。这在宋词中也是很常见的。据周必大撰《范公成大神道碑》记载，成大于淳熙三年（1176 年）春在四川制置使任上辞官归家养病（四年五月成行），病中还在为国操劳，上书言兵民十五事，使宋孝宗深受感动。所以这组词可能有此寄托，可能是作于此次居家养病的时候。这里提到寄托，只是为了说明词人的原意。

　　至于这组词的价值，则主要在于表现情景的艺术技巧，因此还是可以把它们当做真实的闺情词来欣赏。

　　此为这组词中的第四首。此词描写闺中少妇春夜怀人的情景十分真切，是这组词中艺术价值最高的一篇。词的结构是上阕描绘园林景色，下阕刻画人物心情。初拍写环境的幽静。楼阴之间，皓月悬空，栏杆的疏影静卧于东厢之下。一派清幽之景更显露寂寞之情。次拍写环境的清雅。先重叠"东厢月"一语，强调月光的皎洁，然后展示新的景象，天清如水，风淡露落一片盛开的杏花，在月光的映照下明洁得如同白雪。满园素淡之香，隐喻了空虚之感。以上纯用白描的手法，不饰华彩，但一座花月楼台交相辉映的幽雅园林却清晰可见。写景是为了写人。下阕要写到的那位怀人念远的闺中少妇，深藏在这座幽雅的园林之中，其风姿的秀美、心性的柔静和心情的惆怅，也就可想而知了。给人一种见其景感其人的感觉。所以，上下阕之间看似互不相属，实际上还是非常一致的。

换拍写少妇的愁思。她独卧罗帏之中，心怀远人，久不能寐。此时燃膏将尽，灯芯结花，室内光线越来越暗淡，室外则是夜露已落，一切都是那么沉寂，只有漏壶上的铜龙透过烟雾送来点点滴滴的漏声。在愁人听来，竟也如同声声哽咽。这里并不直接写人的神态，而是更深一层，借暗淡的灯光和哽咽的漏声营造一种幽怨的意境，把人的愁苦表现得十分真切。"隔烟催漏金虬咽"一句，尤见移情想象的奇思。歇拍写少妇的幽梦，又重叠前句末三字，突出灯光的昏暗，然后化用岑参《春梦》诗"枕上片时春梦中，行尽江南数千里"二语，表现少妇的迷离惝恍之情。人倦灯昏，始得暂眠片刻，梦魂忽到江南，境界

顿觉开阔。然而所怀之人又在何处？梦中是否能够相见？词人却不写出来，让读者自去想象。这样写，比韦庄《木兰花》歇拍直说"千山万水不曾行，魂梦欲教何处觅"意思更含蓄，更意味深长。

春闺怀远是词的传统题材，前人以此为题的作品极多，但往往"采滥忽真"（《文心雕龙·情采》），过于浓华而缺少新意。此词却是"纯任自然，不假锤炼"（《蕙风词话》），显得淡朴清雅，没有陈腐的富贵气和脂粉气。

写环境不事镂金错银的雕绘，只把花月楼台的清淡景色自然地写出来；写人物不事愁红惨绿的夸饰，只把长夜难眠的凄苦心情真实地写出来。一切都"不隔，不做作"（张伯驹《丛碧词话》），从而创造出一种自然的美。在情感的表现上，词人亦能突破常规，独辟蹊径，即不作"斜倚银屏无语，闲愁上翠眉"（韦庄《定西番》）一类的正面描写，也不作"为君憔悴尽，百花时"（温庭筠《南歌子》）一类的直接抒情，更不作"月分明，花淡薄，惹相思"（欧阳炯《三字令》）一类的多余解说，却借月幽花素的园林景色暗示她情怀的寂寞孤独，借漏咽灯昏的环境气氛烘托她心绪的凄凉愁苦，"侧出其言，旁通其情，触类以感，充类以尽"（《复堂词录叙》），既新颖，又厚重。

　　楼阴缺栏干影卧东厢月。东厢月，一天风露，杏花如雪。

　　隔烟催漏金虬咽，罗帏暗淡灯花结。灯花结，片时春梦，江南天阔。

缺：指树荫未遮住的楼阁一角。

厢：厢房。

烟：夜雾。

金虬：铜龙，造型为龙的铜漏，古代滴水计时之器。

罗帏：罗帐。指闺房。

灯花结：灯芯烧结成花，旧俗以为有喜讯。

　　楼阁在树荫遮蔽下露出一角，一轮明月朗照东厢，栏杆的影子斜卧在地面上。隔着香炉朦胧的烟气，漏壶上的铜龙笃咽着催促滴落的水声，纱罗的帏帐暗淡，灯花已烧得焦凝。灯光跳动，我进入短暂而美妙的春梦，梦见了江南辽阔的晴空。

古代计时工具

在我们的生活和工作中，钟表是不可缺少的，它为我们提供了准确的时间。但是，在古代还没有钟表的时候，人们是怎样测定时间的呢？在遥远的过去，人们根据日月星辰的出没估计时间，他们观察到阳光下树影、房影随着时间变化而移动，进而用"立竿见影"的方法创造了最初的"表"，时间不停地前进着，"表"的影子从早到晚不停地移动着，由此人们可以了解时间。随后，古人又创造了"圭表""日晷"等，日晷是在圆形的石板中间竖立一根铁针，石板周围刻着时辰标记，随着太阳的东升西落，铁针的影子就能指示出时间来。元代郭守敬在河南登封建立的观星台，表高40尺，圭长128尺，重18吨，使日影长度读数可准到0.1毫米。

但是日晷和圭表只能在白天有太阳的时候工作，那么夜间、阴天又怎么办呢？人们又发明了漏壶，漏壶又叫"滴漏""刻漏"，传说黄帝时即已出

现。《周礼》记有"挈壶氏"，专司其职。

诗词中所常用的漏壶，即刻漏制记时法，中国最早的漏壶是在壶中插入一标杆，称为箭。箭下用一只舟承托，浮在水面上。水流出壶时，箭下沉，指示时刻，称"泄水型漏壶"或"沉箭漏"；另一种为水流入壶中，箭上升，指示时刻，称"受水型漏壶"或"浮箭漏"。泄水壶多为一只贮水壶，即单壶。

西汉时期的漏壶，将一昼夜平分为一百个等分，也称百刻时制。昼夜的比例是 40：60，冬夏相反。漏是以滴水来计时，是由四只盛水的铜壶从上而下互相迭放的组合。上三只底下有小孔，最下一只竖放一个箭形浮标，随滴水而水面升高，壶身上有刻度，以为计时。原一昼夜分 100 刻，因不能与十二个时辰整除，又先后改为 96、108、120 刻，到清代正式定为 96 刻；就这样，一个时辰等于八刻。一刻又分成三份，一昼夜共有二十四份，与二十四个节气相对。但是这分不是现时的分钟，而是"字"，在两刻之间，用两个奇怪符号来刻，所以叫做"字"。字以下又用细如麦芒的线条来划分，叫做"秒"；秒字由"禾"与"少"合成，禾指麦禾，少指细小的芒。秒以下无法划，只能说"细如蜘蛛丝"来说明，叫做"忽"；如"忽然"一词，忽指极短的时间，然指变，合用意即在极短时间内有了转变。

所有这些计时的方法和计时工具，既是我国古代劳动人民认识和运用自然规律的结果，也是我国古代劳动人民智慧的结晶。

　　闺中少妇不知愁，春日凝妆上翠楼。忽见陌头杨柳色，悔教夫婿觅封侯。

——王昌龄《闺怨》

　　梳洗罢，独倚望江楼。过尽千帆皆不是，斜晖脉脉水悠悠。肠断白蘋洲。

庭筠《梦江南》

第二辑

愁千缕

念往昔，繁华竞逐，叹门外楼头，悲恨相续。

千古凭高对此，谩嗟荣辱。

六朝旧事随流水，但寒烟芳草凝绿。

至今商女，时时犹唱，后庭遗曲。

深闺难留春光仁

蝶恋花 （庭院深深深几许） 欧阳修

1969 年，言情小说教母琼瑶创作完成了长篇小说《庭院深深》，并取得很大成功。琼瑶许多小说的书名和灵感，几乎都来自于中国传统的古典诗词。《庭院深深》一书的书名，便是出典于宋朝著名词人欧阳修的那首《蝶恋花》。

这首词是描写暮春闺怨的，"庭院"深深，"帘幕"重重，更兼"杨柳堆烟"，既浓且密——生活在这种内外隔绝、阴森幽邃的环境中，人的身心受到了压抑与禁锢。叠用三个"深"字，写出了其与外界隔绝，形同囚居的处境，不但暗示了主人公孤身独处的境遇，而且还有心事深沉、怨恨莫诉之感。显然，主人公的物质生活是优裕的。但是她精神上的极度苦闷，也是不言自明的。

一个"堆"字和"帘幕无重数"寥寥数字，写出了庭院的无比幽深。那么，在杨柳茂密堆积，如同重重帘幕的空旷大院子里，有哪些人呢？词人没有让你看到人物，笔锋一宕，先说一句"玉勒雕鞍游冶处"再说"楼高不见章台路"来铺写人物的出场，从景深写到情深。词中写情，景中有情，情中有景，情景交融。空空的庭院里只有一个孤零零的女子，期盼的人哪里去了？在"玉勒雕鞍游冶处"寻欢作乐。一方在院中苦苦期盼，伤心流泪，一方却在烟花楼中醉生梦死。在深深的庭院中，我们似乎可以看到一颗被禁锢且与世隔绝的心灵，对比当中，感受到的是女主人公的"怨恨"之情。王国维说："一切景语，皆情语也。"上阕就在景物的描写里，抒写了女主人公的抑郁情怀。

　　词的下阕着重写情。雨横风狂，催送着残春，也催送着女主人公的芳年。她想挽留住春天，但风雨是无情的，留春不住，只觉无奈，仅能将情感寄予与之同命的花上。"感时花溅泪"，见花落泪，对月伤情，是古代女子常有的感慨。一个孤零零的女子在这春色将逝的夜晚，思念外出未归的丈夫，眼前只有那暴风雨中横遭摧残的花，联想起自己愁苦的命运，不禁潸然泪下。女子的愁苦、伤痛无处倾诉，满怀疑问叩问花儿。花却在一旁缄默，无言以对，是花不解人，还是花不肯给予同情？令人感慨良多。花不语，就像是故意和女子作对，抛弃了她纷纷飞过空荡荡的秋千。人儿走马章台，花儿飞过秋千，有情之人，

　　无情之物都对她报以冷漠，她怎能不伤心，怎能不痛苦呢？三月暮春的傍晚，深锁的庭院、层层叠叠的杨柳、飘过秋千的落花、苦苦等待的女子构成了一幅令人伤怀的春怨图。浑然天成、浅显易晓的语言中，蕴藏着深挚真切的感情。语浅而意入，情感层层推进，景与情就这样水乳交融，浑然一体了。

　　很多评论认为这首词表现的是闺怨。写了一个独居庭院的女子，她的愁、怨、伤、悲。其实可以更深入地进行理解。鲁迅先生曾经说过："从水管里流出来的是水，从血管里流出来的是血。"鲁迅先生为我们指出了赏析诗词的一个关键问题，就是要知人论诗（词）。欧阳修四岁而孤，生于贫寒之家的他，历经挫折，却始终坚忍不拔，最终成为朝廷重臣，可以一展抱负。他需要有多大的胸襟，承受多少艰难困苦啊。然而命运多舛，由于和王安石政见不合，被贬出京当了一个小官。因此，我们在他的《醉翁亭记》里，看见他饮酒行令，投壶对弈，陶醉在山光水色之中，他难道忘记自己的志向了吗？而他的《伶官传序》，在他"满招损，谦受益""祸患常积于忽微，而智勇多困于所溺""忧劳可以兴国，逸豫可以亡身"的痛切总结中，有他"兼济天下"的抱负。他是一个满腹经纶、志存高远、心忧天下的人，然而他却没有施展抱负的机会，空余惆怅和伤痛。我想历经变动，壮志难酬的他肯定有怨、有恨、有苦、有悲，那种孤独、伤感和文中寂寞的女主人公神韵相合。所以，与其说这首词写的是闺怨，倒不如说是词人以一首《蝶恋花》借独居深院的女子来表达自己被统治者抛弃的怨、恨、伤、悲。

庭院深深深几许？杨柳堆烟，帘幕无重数。玉勒雕鞍游冶处，楼高不见章台路。

雨横风狂三月暮。门掩黄昏，无计留春住。泪眼问花花不语，乱红飞过秋千去。

几许：多少。

堆烟：形容杨柳浓密。

玉勒：玉制的马衔。

雕鞍：精雕的马鞍。

游冶处：指歌楼妓院。

章台：汉长安街名。《汉书·张敞传》有"走马章台街"语。唐许尧佐《章台柳传》，记妓女柳氏事。后因以章台为歌妓聚居之地。

乱红：落花。

庭院深深，有多深？杨柳依依，如同升腾起片片烟雾，一重重帘幕不知道有多少层。豪华的车马停在贵族公子寻欢作乐的地方，登上高楼向远处望去，却看不见去往章台的道路。春天将要过去，三月里狂风暴雨，重重院门将黄昏的景色掩闭，却无法留住春光。泪眼汪汪，问花是否知道我的心意，花儿默默不语，只有纷乱的落花，零零落落一点一点飞到秋千外。

男子为何作闺音

在中国古代的文学作品中，有两类题材是不容忽视的，那就是宫怨和闺怨题材。宫怨诗专写古代帝王宫中宫女以及失宠后妃的怨情；闺怨诗则主要抒写古代民间的弃妇和思妇（包括征妇、商妇、游子妇等）的忧伤，或者写少女怀春、思念情人的感情。这两类诗都起源于周代，到了汉、魏晋、南北朝时期，闺怨诗又获得了长足的发展，到了唐代，这两类诗与田园、山水、行旅、游侠、边塞等题材的诗歌一道步入了一个发展的鼎盛时期，名家杰作，层见叠出。

从内容上看，这两类诗都在围绕一个"怨"字做文章，集中反映了封建宗法制度下皇权至上、男尊女卑的社会现象和古代女性对待婚姻问题的种种复杂心态。中国古代的诗人对"宫怨""闺

怨""春怨"这几类题材为何情有独钟呢？为什么能够把这类诗写得如此真切感人呢？因为他们与那些怨郁的女子具有同样的遭遇，同样的情怀，在中国文人的骨子里有一种奴颜媚骨的怨妇情结，这种情结自屈原开始，代代相传，经久不衰。

司马迁曾经说过：士为知己者死，女为悦己者容。良禽择木而栖，猛兽择穴而居。中国古代的文人与妇女一样从来就没有获得过独立的人格，始终是皇权与权贵的附庸，他们的生与死，喜与悲，升与降，浮与沉，自己都无法掌握。于是，也就形成了中国文人的依附性和软骨症。即使如高歌"安能摧眉折腰事权贵，使我不得开心颜"的李白，也还是要向权贵韩朝宗求乞道："君侯何惜阶前盈尺之地，不使白扬眉吐气，激昂青云也。"

当然在中国的历史上也不乏具有铮铮铁骨的"士"，但总体上来说这样的"硬汉"是稀缺资源，可以说是凤毛麟角。即使是被世人目为不苟同、不屈服的"硬汉"，大多也不过是"节妇""烈妇"的变种而已。如明朝的方孝孺，威武不屈，慷慨就义。但是他所殉的"义"，不过

是忠于建文帝这个老主子罢了。方孝孺在被视为"篡位"的明成祖面前刚直不阿，但在建文帝面前却仍然是"俯首帖耳"，只不过是换了个主子罢了。

唐太宗说："人言魏征举动疏慢，我但觉其妩媚耳。"唐太宗正是看到了中国文人的软肋。被称为"中国的莎士比亚"的明代戏剧大师汤显祖也有过类似的话语："此时男子多化为妇人，侧立俯行，好语巧笑，乃得立于时。"对中国文人的性格刻画可谓入木三分，与唐太宗的话有异曲同工之妙。学成文武艺，货与帝王家。"沽之哉，沽之哉，吾待价而沽"，如果能够卖一个好价钱，也就是得到统治阶级的赏识重用，那么就欣欣然；如果没能卖一个好价钱，或者卖不出去，不被赏识重用，则怨恨忧伤。明白这些道理，那么就不难读懂中国文人的宫怨诗和闺怨诗了，也就不难明白为什么古时的文人在文学创作中男子做闺音了。

闺中少妇不知愁，春日凝妆上翠楼。

——王昌龄《闺怨》

何事长门闭，珠帘只自垂。月移深殿早，春向后宫迟。

——刘长卿《长门怨》

新裂齐纨素，皎洁如霜雪。裁为合欢扇，团团似

明月。出入君怀袖，动摇微风发。常恐秋节至，凉飙

夺炎热。弃捐箧笥中，恩情中道绝。

——汉乐府歌辞《怨歌行》

难寻的旧梦

声声慢 (寻寻觅觅) 李清照

《声声慢·寻寻觅觅》是李清照南渡以后的一首震动词坛的名作。她通过对秋景秋情的描绘，抒发国破家亡、天涯沦落的悲苦，具有鲜明的时代色彩。在结构上打破了上下阕的局限，全词一气呵成，着意渲染愁情，如泣如诉，感人至深。首句之下连续用了十四个叠字，形象地抒写出词人的心情。下文"点点滴滴"又前后照应，表现出词人孤独寂寞的忧郁情绪和动荡不安的心境。全词一字一泪，缠绵哀怨，极富艺术感染力。

《声声慢》又名《胜胜慢》，开端三句用一连串叠字写主人公一整天的愁苦心情，从"寻寻觅觅"开始，可见她从一起床便百无聊赖，若有所失，于是东张西望，仿佛漂流在大海中的人想要抓到点什么才能得救似的，希望找到点什么来寄托自己的空虚寂寞。下文"冷冷清清"，是"寻寻觅觅"的结果，不但一无所获，反被一种孤寂清冷的气氛所笼罩，使自己感到凄凉。于是紧接着再写一句"凄凄惨惨戚戚"。仅此三句，就定下了一种愁苦而凄厉的基调。

　　"乍暖还寒时候"是此词的难点之一。此词是描写秋天的，但是秋天的气候应该说"乍寒还暖"，只有早春的天气才能用得上"乍暖还寒"。所以，这首词是写一日之晨，秋日的清晨，朝阳初出，所以说"乍暖"；但晓寒犹重，秋风刺骨，因此是"还寒"。至于"时候"二字在宋时已与现代汉语没有区别了。"最难将息"一句则与上文"寻寻觅觅"相呼应，说明从早晨开始自己就不知如何是好。

　　"三杯两盏淡酒，怎敌他晓来风急""晓"，通行本作"晚"。从全词意境来看，应该是"晓"字。说"晓来风急"，正与上文"乍暖还寒"相合。古人早晨一般在卯时饮酒，又称"扶头卯酒"。这句是说借酒无法消愁。"雁过也"的"雁"，是南来的秋雁，正是往昔在北方见到的，所以说"正伤心，却是旧时相识"了。这一句是虚写，以寄寓词人的怀乡之情。

　　下阕由秋日高空转入自家的庭院。园中开满了菊花，秋意正浓。这里"满地黄花堆积"是指菊花盛开，而非残英满地。"憔悴损"是指自己因忧伤而憔悴瘦损，也不是指菊花枯萎凋

谢。正是由于自己无心看花，虽然正值菊堆满地，却不想去摘它赏它，然而人不摘花，花当自萎；等到花凋零了，那么想摘也不能摘了。这里既写出了自己无心摘花的郁闷，又透露出惜花将谢的情怀，笔意深远。

"守着窗儿"写出了词人独坐无聊，内心苦闷的状态，比"寻寻觅觅"三句有过之而无不及。这一句从反面来说，好像是上天有意不肯暗下来而使人尤为难过。"梧桐"两句兼用温庭筠《更漏子》下阕"梧桐树，三更雨，不道离情正苦；一叶叶，一声声，空阶滴到明"的词意，把两种内容融为一体，笔真情切。最后以"怎一个愁字了得"收束全词，是独辟蹊径。自庾信以来，诗人写愁，多半是言其多。这里却化多为少，只说自己思绪纷繁复杂，仅用一个"愁"字如何包括得尽。妙在又不说明一个"愁"字之外更有什么心情，即戛然而止。表面上有"欲说还休"之势，实际上已倾泻无遗。

这首词始终紧扣悲秋之意，尽得六朝抒情小赋的精髓；又以接近口语的朴素清新的语言谱入新声，写尽了词人凄苦悲愁的境域，是一首个性独具的抒情名作。

　　寻寻觅觅，冷冷清清，凄凄惨惨戚戚。乍暖还寒时候，最难将息。三杯两盏淡酒，怎敌他晓来风急？雁过也，正伤心，却是旧时相识。

　　满地黄花堆积，憔悴损，如今有谁堪摘？守着窗儿，独自怎生得黑！梧桐更兼细雨，到黄昏、点点滴滴。这次第，怎一个愁字了得！

将息：将养休息。

怎生：怎样，怎么。

这次第：这一连串的情况。

如同是丢了什么似的，我在苦苦寻觅。只看见一切景物都是那么冷冷清清，使我的心情更加愁苦和悲戚。忽冷忽热的气候，最难保养身体。虽然喝了几杯淡酒，但却仍然无法抵挡傍晚时分秋风的寒气。正在伤心的时候，又有一群大雁向南飞去。那身影，那叫声，却似乎是旧时的相识。地上堆满了落花，菊花已经枯黄陨落，如今还有谁忍心去摘呢？独坐窗前，孤苦伶仃，怎样才能挨到天黑？在这黄昏时节，又下起了细雨，水滴落在梧桐叶片，声声入耳，令人心碎。此情此景，又怎么能够用一个愁字概括得了呢？

婉约如许李清照

李清照是因为那首著名的《声声慢》而声名远播的。全词表现的是一种凄冷的美，特别是那句"寻寻觅觅，冷冷清清，凄凄惨惨戚戚"，简直成了她个人的专有品牌，彪炳于文学史，可谓是空前绝后，没有任何人能够望其项背。于是，她便被当做了愁的化身。当我们穿过历史的烟尘咀嚼她的愁情时，才发

现在中国三千年的古代文学史中，特立独行，登峰造极的女性也就只有她一人。而对她的解读又"怎一个愁字了得"。

其实李清照在写这首词前，曾经有过太多太多的快乐。

李清照于宋神宗元丰七年（1084 年）出生于一个官宦人家。父亲李格非进士出身，在朝为官，地位并不算低，是学者兼文学家，又是苏东坡的学生。母亲也是名门闺秀，善文学。这样的出身，在当时对一个女子来说是很可贵的。官宦门第及政治活动的濡染，使她眼界开阔，气质高贵。而文学艺术的熏陶，又让她能够更深切细微地感知生活，体验美感。

官宦人家的千金小姐，享受着舒适的生活，并能得到一定的文化教育，这在千年的封建社会中并不奇怪。但令人惊奇的是，李清照并没有按照常规的成长途径，初识文字，娴熟针绣，然后就等待出嫁。她饱览了父亲的所有藏书，文化的汁液将她浇灌得不但外美如花，而且内秀如竹。她在驾驭诗词格律方面已经如斗草、荡秋千般潇洒自如。而品评史实人物，却胸有块垒，大气如虹。

　　爱情是人生最美好的一章。它是一个渡口，一座桥梁，一个人将从这里出发，从少年走向青年，从父母温暖的翅膀下走向独立的人生，也会再迸发新的活力。因此，它充满着期待的焦虑、碰撞的火花、沁人的温馨，也有失败的悲凉。它能奏出最复杂、最震撼人心的交响。许多伟人的生命都是在这一刻放出奇光异彩的。

　　当李清照满载着闺中少女所能得到的一切幸福，步入爱河时，她的美好人生又更上一层楼，也为我们留下了一部爱情经典。她的爱情不像西方的罗密欧与朱丽叶，也不像东方的梁山伯与祝英台，不是那种经历千难万阻，要死要活之后才能享受到的甜蜜，而是起步甚高，一开始就跌在蜜罐里，就站在山顶上，就住进了水晶宫里。夫婿赵明诚是一位翩翩少年，两人又是文学知己，情投意合。赵明诚的父亲也在朝为官，两家门当户对。更难得的是他们二人除了一般文人诗词琴棋的雅兴外，还有更相投的事业结合点——金石研究。在不准自由恋爱，要靠媒妁之言、父母之意的封建时代，他俩能有这样的爱情结局，真是天赐良缘，百里挑一了。

　　但上天早就发现了李清照更博大的艺术才华。如果

只让她这样轻松地写一点闺怨闲愁，中国历史、文学史将会从她的身边白白走过。于是宇宙爆炸，时空激荡，新的人格考验，新的命题创作一起推到了李清照的面前。

宋王朝经过 167 年"清明上河图"式的和平繁荣之后，天降煞星，北方崛起了一个游牧民族。金人一锤砸烂了都城汴京（开封）的琼楼玉苑，还掠走了徽、钦二帝，赵宋王朝于公元1127 年匆匆南逃，开始了中国历史上国家民族极其屈辱的一页。李清照在山东青州的爱巢也顷刻间化为乌有，一家人开始了漂泊无定的生活。南渡第二年，赵明诚被任命为京城建康的知府，不想就在这时发生了一件既是国耻又蒙家羞的事。一天深夜，城里发生叛乱，身为地方长官的赵明诚不是身先士卒指挥戡乱，而是偷偷用绳子缒城逃走。事定之后，他被朝廷撤职。李清照这个柔弱女子，在这件事上却表现出大节大义，深为丈夫临阵脱逃而羞愧。赵被撤职后夫妇二人继续沿长江而上向江西方向流亡，当行至乌江镇时，李清照得知这就是当年项羽兵败自刎之处，不觉心潮起伏，面对浩浩江面，吟下了这首千古绝唱：

生当作人杰，
死亦为鬼雄。
至今思项羽，
不肯过江东。

赵明诚在听到这一字一句的金石之声时，面有愧色，心中泛起深深的自责。第二年（1129 年）赵明诚被召回京复职，但随即暴病而亡。

生命对人来说只有一次，那么爱情对一个人来说有几次呢？大概最美好的、最揪心彻骨的也只有一次。爱情是在生命之舟中进行的一种极其危险的实验，是把青春、才华、时间、事业都要赌进去的实验。只有极少数的人第一次便获得成功，他们像中了头彩的幸运者一样，一边窃喜着自己的侥幸，美其名曰"缘"；一边又用同情、怜悯的目光审视着芸芸众生们的失败，或者半失败。李清照本来是属于这一类型的，但上苍欲成其名，必先夺其情，苦其心。于是就把她赶出这幸福一族，先是让赵明诚离她而去，再派一个张汝舟来试其心志。她驾着一叶生命的孤舟迎着世俗的恶浪，以破釜沉舟的胆力进行了一场恶斗。本来爱情一次失败，再试成功，甚而更加风光者大有人在，司马相如与卓文君就是。李清照也是准备再攀爱情高峰的，但可惜她没有翻过这道山梁。这是一个悲剧。一个女人心中爱的火花就这样永远地熄灭了，这怎么能不令她沮丧，让她不忧愁呢？

楼外垂杨千万缕，欲系青春，少住春还去。犹自风前飘柳絮，随春且看归何处。

绿满山川闻杜宇。便做无情，莫也愁人苦。把酒送春春不语，黄昏却下潇潇雨。

——朱淑真《蝶恋花·送春》

杨柳风斜，黄昏人静，睡稳栖鸦。短烛烧残，长更坐尽，小篆添些。

红楼不闭窗纱，被一缕，春痕暗遮。淡淡轻烟，溶溶院落，月在梨花。

——顾太真《早春怨·春夜》

追忆似水年华

浣溪沙 （一曲新词酒一杯） 晏殊

　　晏殊是北宋文人中地位很高的一位，他在很小的时候就以才学闻名，七岁就能写文章。景德初年，被地方官作为神童推荐给朝廷，被赐同进士出身。历任太常寺奉礼郎、翰林学士，太子左庶子、加给事中，迁礼部侍郎、枢密副使。因论事得罪太后，以刑部侍郎身份任宣州和应天府的知府。后为御史中丞，改兵部侍郎，兼秘书监、资政殿学士、翰林侍读学士。明道元年迁参知政事、尚书左丞。庆历中官至加同中书门下平章事、集贤殿学士，兼枢密使。纵观晏殊的一生，历居显官要职，仕途平坦，但是却政绩平平，然而他在文坛却颇有建树。《宋史》说他"文章赡丽，应用不穷，尤工诗，闲雅有情思"。其词擅长小令，多为表现官僚士大夫的诗酒生活和闲情逸致之作。

　　"一曲新词酒一杯"，主人公的生活是悠闲自在的，他陶醉在美好的时光中，陶醉在生活的享受中。"去年天气旧亭台"，这亭台是他常常登临的，在这里听曲填词，赏月弄花，浅酌低吟，这里留下了青春的足迹和叹息。"天气"和"亭台"在此

组成了美好的世界，勾起词人许多的回忆和体验。从复叠错综的句式、轻快流利的语调中可以体味出，词人在面对现实的情境时，开始是怀着轻松喜悦的感情，带着潇洒安闲的意态。但边听边饮，这情境却又不期然触发了词人对"去年"所经历类似情景的追忆：也是和今年一样的暮春天气，面对的也是和眼前一样的亭台楼阁，一样的轻歌曼舞、美酒佳肴。然而，在这似乎一切都依旧的表象下面又分明能够感觉到有的东西已经发生了难以逆转的变化，这便是悠悠流逝的岁月和与此相关的一系列人与事。

于是词人不由得从心底涌出这样的喟叹："夕阳西下几时回？"夕阳西下，是眼前之景。但词人由此触发的，却是对美好景物与情事的流连，对时光流逝的怅惘，以及对美好事物重现的微茫希望。这是即景兴感，但所感者实际上已不只限于眼前的情事，而是扩展到整个的人生，其中不仅有感性活动，而且还包含着某种理性的思考。夕阳西下，是无法阻止的，只能寄希望于它的东升再现，而时光的流逝、人事的变更，却再也无法重复。

紧接着的"无可奈何花落去，似曾相识燕归来"两句，是千古名句，不但遣词造句立意高妙，而且情绪表

达得非常婉转，使整首词洋溢着生命韵味，富有灵动的诗意。
体现出主人公的伤春之情，展现出主人公对美好年华的留恋。
此联工巧而浑然天成、流利而含蓄，用虚字构成工整的对仗、
唱叹传神，表现出词人的巧思深情，也正是这首词名垂千古的
原因。但更值得玩味的倒是这一联所包含的意蕴。花的凋落、
时光的流逝，都是不可抗拒的自然规律，虽然惋惜流连却也无
济于事，所以说"无可奈何"，这一句承上"夕阳西下"；然而
在这暮春的季节，所感受到的并不只是无可奈何的凋衰消逝，
还有令人欣慰的重现，那翩翩归来的燕子不就像是去年曾在此
处安巢的旧时相识吗？这一句正对应着上阕的"几时回"。花
落、燕归虽也是眼前之景，但一经与"无可奈何""似曾相识"
相联系，它们的内涵也就变得非常广泛，带有美好事物的象征
意味。在惋惜与欣慰的交织中，蕴涵着某种生活的哲理：一切
必然消逝的美好
事物都无法阻止
其消逝，但在消
逝的同时仍然有
美好事物的再现，
生活不会因消逝
而变成一片虚无。
只不过这种重现
毕竟不是美好事
物原封不动地重

现，它只是"似曾相识"罢了。

词人以"小园香径独徘徊"一句结束全词，给人一种戛然而止却余韵悠长的感觉。主人公为什么"独徘徊"呢？因为这小园中的一草一木、一石一亭，包括那日复一日的夕阳西下和年复一年的花落燕归，都会让他沉思，都启示着他去领会，在享受生活的同时意识到时光的逝而不返，从而加深了对生命存在意义的理解。

从这个意义上看，这首小令还真的就不是单单写闲愁的了。此词之所以脍炙人口，广为传诵，其根本的原因就在于情中有思。词中似乎于无意间描写了司空见惯的现象，却又富有哲理的意味，启迪人们从更高层次思索宇宙人生的问题。词中涉及到时间永恒而人生有限这样深广的意念，却表现得十分含蓄。虽含伤春惜时之意，却实为感慨抒怀之情。词的上阕绾合今昔，叠印时空，重在回忆往事；下阕则巧借眼前景物，着重写今日的感伤。全词语言圆转流利，通俗晓畅，清丽自然，意蕴深沉，启人神智，耐人寻味。词中对宇宙人生的深思，给人以哲理的启迪和美的享受。

一曲新词酒一杯，去年天气旧亭台。夕阳西下几时回？

无可奈何花落去，似曾相识燕归来。小园香径独徘徊。

　　"去年"句：语本唐人邓谷《和知己秋日伤怀》诗"流水歌声共
不回，去年天气旧池台"。

　　香径：花园里的小路。

　　我填上一曲新词，倒上一杯美酒，此时的天气，与去年相
同。夕阳西下，时光流转，令人无可奈何，只看见花儿凋零；
似曾相识的春燕又飞回来了。美好的事物无法挽留，想到这些
令人感伤的情境。我独自在花园的小径上徘徊，感觉到很伤感。

诚实的晏殊

　　北宋时期，著名的文学家和政治家晏殊，十四岁就被地方
官作为"神童"推荐给朝廷。他本来可以不必参加科举考试便
能够得到官职，但是他没有这样做，而是毅然参加了考试。

　　事情十分凑巧，那次考试的题目是他曾经做过的，而且还
得到过好几位名师的指点。这样一来，他本来可以毫不费力的
从几千名考生中脱颖而出，但是晏殊却并没有因此而高兴，而
是在接受皇帝复试的时候，把情况如实地告诉了皇帝，并要求
另外出一个题目，当堂考他。皇帝与大臣们在商议之后出了一
道难度更大的题目，让晏殊当堂作文。结果，他的文章写得仍
然非常好，得到了皇帝的褒奖。

　　晏殊在步入仕途之后，每天办完公事，回到家里总是会闭
门读书。后来皇帝得知这一情况，十分高兴，就点名让他做了

辅佐太子的官员。当晏殊去向皇帝谢恩的时候，皇帝又称赞他闭门苦读的精神。晏殊却说："我不是不喜欢宴饮游乐，只是因为家贫无钱，才不去参加的。我是有愧于皇上的嘉奖的。"皇帝又称赞他既有真才实学，又质朴诚实，是难得的人才，几年之后又提拔他做了宰相。

晏殊的仕途是非常平坦的，六十三岁时被封为临淄公。死后，宰相苏颂做他的谥仪（宣布谥号的主持官），被谥为"元献"；仁宗皇帝为他题写了墓碑的碑额："旧学之碑"；欧阳修为他撰写碑文，可谓是盛极一时。

晏殊的富贵靠的不是处心积虑的钻营、排挤同事、诬陷上级等小人的手法，而是靠着天赋的才华、正派的品质。晏殊的一生是平凡的，但是晏殊的文学造诣之高却是无可争辩的事实，他的词中洋溢着富贵的气象，而这种富贵气不是做出来的，而是他人生际遇的自然写照。这种平静富贵的气氛，无可奈何的心境，比陶渊明、谢灵运所歌唱的那些对平淡生活的追求自然得多、可信得多、亲切得多、实在得多。

人们总是喜欢说只有疾风暴雨才能考验人。其实，疾风暴雨只是一种紧急的状态、短暂的状态，在疾风暴雨过后，还是风和日丽，百无聊赖的时光，所以说平平淡淡才是真。只有平凡才是最真实最可贵的。

问君能有几多愁，恰似一江春水向东流。

——李煜《虞美人》

独上江楼思渺然，月光如水水如天。同来望月人何在？风景依稀似去年。

——赵瑕《江楼感怀》

愁难尽，水长流

八声甘州（对潇潇暮雨洒江天）柳永

　　雨后的傍晚，天空和江面都澄澈如洗。词人登临纵目、望尽天涯的境界跃然纸上。"渐霜风凄紧"，以一个"渐"字，领起四言三句十二字。"渐"字承上句而言，当此清秋季节复经雨水的涤荡，时光景物因此就又生出了一番变化。这样一来词人用一"渐"字，形神毕备。深秋时节，雨洗暮空，才感觉到凉风忽至，顿觉气氛凄然而遒劲，衣衫单薄的游子，感觉到难以抵挡的凄凉和悲伤。一个"紧"字，从气氛到声韵写尽了悲秋之气。再一个"冷"字，层层逼紧。而"凄紧""冷落"，又都是双声叠响，具有很强的艺术感染力，紧接一句"残照当楼"，境界全出。这一句的精彩处就在"当楼"二字，好像全宇宙的悲秋之气都一起袭来。

　　"是处红衰翠减，苒苒物华休。"词意由苍茫陡然变得悲壮起来，进而转入细致的沉思，由仰观转为俯察，所见之处皆是一片凋落的景象。"红衰翠减"，倍显风流蕴藉。"苒苒"，正与"渐"字相为呼应。一个"休"字寓有无穷的感慨和忧愁，接下来"唯有长江水，无语东流"写的是短暂与永恒、改变与不变之间这种千古词人思索的宇宙人生哲理。"无语"二字是"无情"的意思，这一句蕴涵了百感交集的复杂心理。

"不忍"点明的背景是登高临远，说是"不忍"，则又多了一番曲折、多了一番情致。至此，全是以写景为主，将情寓于景中。但下阕的妙处则在于词人善于推己及人，本是自己登高远眺，却偏又想到故园闺中的人，应该也是登楼望远，盼望游子归来。"误几回"三字更是显得灵动。

结尾处是点睛之笔。"倚阑干"，与"对"、与"当楼"、与"登高临远"、与"望"、与"叹"、与"想"，都是相关联的，交相辉映。词中登高远眺所见的景物，皆为"倚阑"时所看到的；思归之情又是从"凝愁"中生发出来的；而"争知我"三个字则化实为虚，使思归的苦愁，怀人的感情表达得更为曲折动人。

这首词章法严谨，结构细密，将写景与抒情融为一体，以铺叙见长。词中思乡怀人的意绪，表露无遗。而白描的手法，再加上通俗的语言，将这复杂的意绪表达得淋漓尽致。

这首词以望乡为主旨，通篇贯串一个"望"字，词人的羁

旅之愁，漂泊之恨，全都从一个"望"字中透出。这首传诵千古的名作，融写景、抒情为一体，通过描写羁旅行役的痛苦，表达了强烈的思归情绪，语言浅近而感情深挚。是柳永同类作品中艺术成就最高的一首，苏东坡评价其中的佳句"不减唐人高处"。

> 　　对潇潇暮雨洒江天，一番洗清秋。渐霜风凄紧，关河冷落，残照当楼。是处红衰翠减，苒苒物华休。惟有长江水，无语东流。
>
> 　　不忍登高临远，望故乡渺邈，归思难收。叹年来踪迹，何事苦淹留？想佳人妆楼颙望，误几回、天际识归舟。争知我，倚阑干处，正恁凝愁！

八声甘州：唐教坊大曲有《甘州》，杂曲有《甘州子》。因属边地乐曲，故以甘州为名。《八声甘州》是从大曲《甘州》截取一段而成的慢词。因全词前后共八韵，故名八声。又名《潇潇雨》《宴瑶沁池》等。《词谱》以柳永为正体。九十七字，平韵。

潇潇：形容雨声的急骤。

凄紧：一作"凄惨"。

是处：到处，处处。

红衰翠减：红花绿叶，凋残零落。李商隐《赠荷花》："翠减红衰愁煞人。"

翠：一作"绿"。

苒苒：茂盛的样子。一说，同"冉冉"，犹言"渐渐"。

物华：美好的景物。

渺邈：遥远。

淹留：久留。

颙望：凝望。一作"长望"。

天际识归舟：语出谢朓《之宣城郡出林浦向板桥》"天际识归舟，
云中辨江树"。

争：怎。

恁：如此，这般。

凝愁：凝结不解的深愁。

　　傍晚时分独立江边望着潇
潇的暮雨从天空中洒落在江
上，经过一番雨水的清洗，秋
景分外寒凉清朗。凄凉的风霜
逐渐迫近，关隘、山河冷清萧
条，落日的余光照耀在楼上。
到处是一幅红花凋零翠叶枯落
的景象，美好的景物渐渐衰残。
只有长江水，不声不响地向东
流淌。

　　不忍登上高山眺望远方那
渺茫遥远的故乡，渴望回家的

想法难以收拢。叹息这些年来到处漂移不定，为什么还要苦苦地停留在异乡？想起家中的美人，正在华丽的楼上放眼凝望，多少次错把远处驶来的船当做心上人回家的船。怎么能够知道，我在异乡倚着栏杆眺望故乡的时候，也是这样愁思深重。

宋代的流行歌手——柳永

南宋叶梦得在《避暑录话》中记有"凡有井水饮处皆能歌柳词"，由此可以想象柳永的词作在当时流传之广。

柳永（987～1053年），原名柳三变，字耆卿，崇安人。柳永也像封建时代的大多数知识分子一样，把科举考试作为自己人生的第一要务，哪知他的仕途却充满了坎坷。他于公元1017年赴京赶考，没有考上。他轻轻一笑，填词道："富贵岂由人，时会高志须酬。"等了五年，第二次参加科考又没考上。他便写了一首《鹤冲天》：

黄金榜上，偶失龙头望。明代暂遗贤，如何向？
未遂风云便，争不恣狂荡？何须论得丧。才子词人，
自是白衣卿相。

烟花巷陌，依约丹青屏障。幸有意中人，堪寻访。
且恁偎红倚翠，风流事，平生畅。青春都一饷。忍把
浮名，换了浅斟低唱。

很明显这是一首发牢骚的词，说的是我没考上有什么关系
呢？只要我有才，也一样会被社会承认，我是一个没有穿官服
的官。要那些浮名有什么用呢？还不如抛弃它，把酒高歌。柳
永正是用他那美丽的词句和优美的音律征服了所有的歌迷（词
在当时是配上音乐来唱的），在所有官家和民间的歌舞晚会上
都能听到他的作品，最后还传到了宫里。当时的皇帝宋仁宗听
到这首词大为恼火。

又过了三年，柳永再次参加科举考试，终于以他出众的才
华脱颖而出。但是当皇榜的名单送到皇帝那里圈点的时候，宋
仁宗看到了柳永的名字，想起了他那首《鹤冲天》，就在旁边
批道："且去浅斟低吟，何要浮名？"把他的名字勾掉了。

皇上轻轻的一笔，彻底把柳永推到市民堆里去了。柳永只
好自我解嘲说："我是奉旨填词。"从此他终日流连于歌馆妓楼，
瓦肆勾栏，他的文学才华和艺术天赋与这里喧闹的生活气息、
优美的丝竹管弦、多情婀娜的女子产生了共鸣。仕途上的失意
并没有妨碍他艺术上的创作，可以说，正是这种失意造就了独

特的词人柳永，造就了独特的"俚俗词派"。

柳永浪迹于歌楼妓馆，以卖词为生，这样生活了十七年。然而就是这十七年，成就了他日后在中国文学史上的盛名。十七年后，柳永47岁那年，他将名字改成了柳永方才考中进士，做了几任小官。对柳永而言，很难说他的经历是幸运的还是不幸的。然而，对于中国文学尤其是宋词来说，这段"奉旨填词"的遭遇却绝对是大幸。

和"时势造就英雄"一样，如果柳永没有那样的境遇，也就没有柳词的传诵千古。他的遭遇为他提供了一个接近和了解下层人民的机会，为他反映人民疾苦的词作注入了生命和活力。柳永是北宋第一位专业词人，他精通音律，尤其熟悉歌妓们演唱的民间乐曲，加之他长年往来于秦楼楚馆，流连于教坊歌台，受到了乐工、歌妓的影响，才得以创造出以白描见长，铺叙点染，状抒情致的柳体词。与皇帝贵族相比，柳永是仁爱的。他的词对聪明多慧而又不幸的歌妓深表同情，写出了她们对正常人生活的向往，对真挚爱情的追求，因此柳永受到了她们的爱恋和尊重。

柳永历经宋真宗、宋仁宗两朝四次大考才中了进士，这四次大考共取士916人，其中多数人都顺顺利利地当了官，有的或许还很显赫，但他们早已被历史忘得干干净净，

然而柳永却至今还享有殊荣。

少小离家老大回，乡音无改鬓毛衰。儿童相见不

相识，笑问客从何处来？

——贺知章《回乡偶书》

露从今夜白，月是故乡明。

——杜甫《月夜忆舍弟》

繁华落尽，往事无痕

桂枝香（登临送目）王安石

金陵即今天的南京，六朝古都所在。公元222年东吴在此建都，此后先后有吴、东晋、宋、齐、梁、陈在此建都。到了宋朝，这里依然是市廛栉比，灯火万家，呈现出一派繁荣的景象。在地理上，金陵素有虎踞龙盘之称，山川秀美，雄伟多姿。大江西来折而向东奔流入海。山地、丘陵、江河、湖泊纵横交错。秦淮河犹如一条玉带横贯城中，玄武湖、莫愁湖恰似两颗明珠镶嵌在城的左右。王安石正是面对这样一片大好河山，想到江山依旧、人事变迁，怀古而思今，写下了这篇"清空中有意趣"的政治抒情词。

一个深秋的傍晚，词人临江览胜，凭高吊古。他虽以登高望远为主题，却是以故国晚秋为眼目。看到了金陵最有特征的风景：千里长江明净得如同一匹素白的绸缎，两岸苍翠的群峰好似争相聚在一起；以下两句，借用六朝谢家名句"解道'澄江净如练'，令人长忆谢玄晖"的意境，却自然的如同己出。即一个"似练"，一个"如簇"，形胜已跃然而出。然后专写江色，纵目一望，只见在斜阳映照之下，数不清的帆风樯影，交错于江波之上。凝眸细看，西风劲吹，那酒肆的青旗高高挑起，在风的吹拂下翻飞飘舞。帆樯为广景，酒旗为细景，而词人的心境以风物为导引，以人事为着落。一个"背"字，一个"矗"字，用得极妙，把江边的景致写得栩栩如生。极目远眺，那水天一色的地方各种舟楫在淡淡的云彩中时隐时现；一群白鹭在银河般的洲渚中腾空而起。如此壮丽的风光真是"画图难足"啊！"正""初""肃"三个字逐步将其主旨点醒。

　　写景至此，全是用的白描手法，下面则有所变化。"彩舟""星河"两句一联，顿时增添了明丽之色。然而词拍已到了上阕的歇处，故而笔墨就此敛住，以"画图难足"一句，抒发词人赞美嗟赏的情怀，颇有大家风范。"彩舟云淡"，写日落江天；"星河鹭起"，描摹夕夜的洲渚。

　　词的下阕，词人的笔锋一转，另换一幅笔墨，感叹六朝皆因荒淫而相继灭亡的史实。悲恨荣辱，留作后人凭吊；往事无痕，唯见秋草凄碧，触目惊心。"门外楼头"，用杜牧《台城曲》"门外韩擒虎，楼头张丽华"的句子加以点染，也是非常简洁有力的。用"念往昔"三字拉开了时空的反差，指出六朝的统治者全都过着骄奢淫逸的生活，

以致陈后主，当敌军已兵临城下之时，他却还在拥着一群嫔妃寻欢作乐。六朝君主就像走马灯似的一个接一个地国破家亡，悲恨相继不断。对此词人发出了深深的感叹：古往今来人们怀古叹今，不过都是空发兴亡的感慨，六朝旧事随着东逝的江水一去不复返了，剩下的只有几缕寒烟和一片绿色的衰草。最后词人借用杜牧《泊秦淮》中的"商女不知亡国恨，隔江犹唱后庭花"的诗意，指出六朝亡国的教训已被人们忘记了。这结尾的三句借古讽今，寓意深刻。

　　此词抒发览金陵胜迹，怀古人之情，是词人别创一格、非同凡响的杰作，这首词作大约写于词人再次罢相、出任江宁知府的时候。词中流露出王安石失意无聊的时候流连于自然风光的情怀。作为一个伟大的改革家、思想家，他站得高看得远。这首词通过对六朝历史教训的认识，表达了他对北宋社会现实的不满，透露出居安思危的忧患意识。同时，这首词也有很高的艺术价值，它体现了词人"一洗五代旧习"的文学主张。北宋当时的词坛虽然已有晏殊、柳永这样一批著名的词人，但是都没有突破"词为艳科"的樊篱，词风柔弱无力。王安石的这首词全篇意境开阔，把壮丽的景色和历史内容和谐地融合在一起，自成一格。《历代诗余》引《古今词话》说："金陵怀古，诸公寄调《桂枝香》者三十余家，唯王介甫为绝唱。"王安石一生虽然写词很少，但这首词却是可以千古传唱的。

　　　　登临送目，正故国晚秋，天气初肃。千里澄江似练，翠峰如簇。归帆去棹残阳里，背西风酒旗斜矗。
彩舟云淡，星河鹭起，画图难足。

念往昔，繁华竞逐，叹门外楼头，悲恨相续。千
古凭高对此，谩嗟荣辱。六朝旧事随流水，但寒烟芳
草凝绿。至今商女，时时犹唱，后庭遗曲。

故国：金陵为六朝旧都，遂称故国。

千里澄江似练：喻长江澄碧如缎带。

星河鹭起：指长江白鹭洲风物。

星河：银河，此喻长江，强调水天一色。

六朝：吴、东晋、宋、齐、梁、陈都建都金陵。

登上高楼凭栏远眺，金陵正是一派晚秋的景象，天气渐渐
开始变得萧索。千里奔流的长江澄澈得好像一条白练，青翠的
山峰俊伟峭拔犹如一束束的箭簇。江上的小船张满了帆箭一般
地向夕阳驶去，岸边斜出矗立的酒旗迎着西风飘拂。色彩缤纷
的画船出没在云烟缥缈的江面，江中洲上的白鹭时而停歇时而
飞起，这艳丽的景色就是用最娴熟的画笔也难以把它完美地表
现出来。

回想往昔，六朝奢华淫靡的生活无休止地互相竞逐，不由
得感叹"门外韩擒虎，楼头张丽华"的亡国悲恨接连相续。回
首往昔，凭栏遥望，映入眼帘的景色就是如此，可不要感慨历
史上的得失荣辱。六朝的风云变幻全都随着流水消逝，只有那

郊外的寒冷烟雾和衰萎的野草还凝聚着一片绿色。直到如今，商女还不知亡国的悲恨，时时放声歌唱《后庭》遗曲。

陈后主与《后庭花》

魏晋南北朝的最后一位皇帝陈后主，与其说他是一位政治家倒不如说他是一位天才的音乐家。陈后主名叫陈叔宝，是一个完全不懂国事，只知道喝酒享乐的人，陈后主宠爱的贵妃张丽华本是歌妓出身，史载她发长七尺，光可鉴人，陈后主对她一见钟情，据说即使是在朝堂之上，还常让她坐在膝上与大臣共商国事。陈后主耽于享乐，大兴土木，建造了三座豪华的楼阁，让他的宠妃们住在里面。身边的宰相江总、尚书孔范等人，也只会逢迎拍马，玩玩文字游戏而已，从来不把国家大事放在心上。他们喝酒吟诗，制作俗艳的诗词，如《玉树后庭花》《临春乐》等，而且都配上曲子。陈后主还专门挑选了一千多个宫女，专门演唱他们"创作"出来的这些靡靡之音。

陈后主这样穷奢极欲，他对百姓

的搜刮当然非常残酷。百姓被逼得过不了日子，流离失所，到处可见倒毙的尸体。大臣傅𬭨（音zǎi）上奏章说："现在已经到了天怒人怨、众叛亲离的境地了。这样下去，恐怕我们的王朝就要完了。"

陈后主一看奏章就火了，派人对傅𬭨说："你能认错改过吗？如果愿意改过，我就宽恕你。"

傅𬭨说："我的心同我的面貌一样。如果我的面貌可以改，我的心才可以改。"

陈后主恼羞成怒，就把傅𬭨杀了。

陈后主又过了五年荒唐的生活。这时候，北方的隋朝渐渐强大起来，决心灭掉南方的陈朝。

公元 588 年，隋文帝造了大批大小战船，派他的儿子晋王杨广、丞相杨素担任元帅，贺若弼、韩擒虎为大将，率领五十一万大军，分兵八路，准备渡江进攻陈朝。

隋文帝亲自下达讨伐陈朝的诏书，宣布陈后主二十条罪状，还把诏书抄写了三十万张，派人带到江南各地去散发。陈朝的百姓已经恨透了陈后主，看到了隋文帝的诏书，人心更加动摇起来。

杨素率领的水军从永安出发，乘几千艘黄龙大船沿着长江东下，满江都是旌旗，战士的盔甲在阳光下闪闪发光。陈朝的江防守兵看了，被吓呆了，哪里还有抵抗的勇气。其他几路隋军也都顺利地开到江边。北路贺若弼的人马到了京口，韩擒虎的人马到了姑孰。江边陈军守将告急的警报接连不断地送到建康。

　　陈后主正跟宠妃、大臣们醉得七颠八倒，他收到警报，连拆都没有拆，就往床下一丢了事。后来，警报越来越紧了。有的大臣一再请求商议抵抗隋兵的事，陈后主才召集大臣商议。

　　陈后主说："东南是个福地，以前北齐来攻过三次，北周也来了两次，都失败了。这次隋兵来，还不是一样来送死，没有什么可怕的。"

　　他的宠臣孔范也附和着说："陛下说得对。我们有长江天险，隋兵又不长翅膀，难道能飞得过来！这一定是守江的官员想贪功，故意造出这个假情报来。"

　　大家你一言，我一语，根本不把隋兵进攻当做一回事，笑话了一阵，又照样叫歌女奏乐，喝起酒来。

　　公元589年正月，贺若弼的人马从广陵渡江，攻克京口；韩擒虎的人马从横江渡江到采石，两路隋军逼近建康。到了这个火烧眉毛的时候，陈后主才有些清醒。城里的陈军还有十几万人，但是陈后主手下的宠臣江总、孔范一伙都不懂得怎么指挥。陈后主急得哭哭啼啼，手足无措。隋军顺利地攻进建康城，陈军将士被俘的被俘，投降的投降。

隋军打进皇宫，到处找不到陈后主。后来，捉住了几个太监，才知道陈后主逃到后殿投井了。隋军兵士找到后殿，果然有一口井。往下一望，是个枯井，隐约看到井里有人，就高声呼喊。井里没人答应。兵士们威吓着叫喊说："再不回答，我们要扔石头了。"说着，真的拿起一块大石头放在井口，装出要扔的样子。井里的陈后主吓得尖叫了起来。兵士把绳索丢到井里，才把陈后主和两个宠妃拉了上来，陈朝灭亡，陈后主最后病死洛阳，追封长城县公。

就这样，《后庭花》因为他的词人陈后主的经历和遭遇而被后人看做是亡国之音，被历代文人当做警世钟时时敲响。

烟笼寒水月笼沙，夜泊秦淮近酒家。商女不知亡国恨，隔江犹唱后庭花。

——杜牧《泊秦淮》

功盖三分国，名成八阵图。江流石不转，遗恨失吞吴。

——杜甫《八阵图》

第三辑

意先融

长记小妆才了，一杯未尽，离怀多少。

醉里秋波，梦中朝雨，都是醒时烦恼，料有牵

情处，

忍思量、耳边曾道。

甚时跃马归来，认得迎门轻笑。

我和月亮有个约会

水调歌头（明月几时有）苏轼

　　王菲以缥缈空灵的声音演绎了一首《明月几时有》，将古典诗词与现代流行音乐的诸多元素完美地结合在了一起，给人一种耳目一新的感觉。而这首歌的作词人想必大家并不陌生——苏轼，他是我国北宋时期文学成就最高的文学家，也是一位才华全面的艺术家，他在诗词、散文、书法、绘画等各个领域都有卓越的建树。

　　《明月几时有》的歌词就是来自于那首著名的《水调歌头》。此词写于宋神宗熙宁九年丙辰（1076年）。那年，苏轼四十一岁，在密州（今山东诸城）太守任上。中秋节那天，他痛痛快快地喝了一整夜的酒，直到天亮。在酪酊大醉中，他写了这首词，既是遣怀，又用这首词来表达他对弟弟苏辙的想念。因为他们兄弟俩已多年没见了。词以望月开始，既怀逸兴壮思，高接苍茫，而又脚踏实地，自具雅量高致。开头四句接连问月问年，如同屈原的《天问》，起调奇逸。苏轼自己也设想前生是月中人，因而有乘风归去的想法。但是天上和人间、幻想和现实、出世和入世，两方面同时吸引着他。相比之下，他还是更希望能够立足现实，因为他热恋人世，觉得有兄弟亲朋的人间生活更加温暖亲切。月下起舞，光影清绝的人生境界胜似月地云阶、广寒清虚的天上宫阙。在尘世间胸次超旷，一片光明。

　　词的下阕主旨是怀人，改写实为写意，化景物为情思，表现词人对人世间悲欢离合的解释，侧重写人间。人生并非没有憾事，悲欢离合即为其一。"转朱阁，低绮户，照无眠"三句，实写月光照人间的景象，由月引出人，暗示出词人的心事浩茫。"不应有恨，何事长向别时圆"两句，承"照无眠"而下，笔致淋漓顿挫，表面上是恼月照人，徒增"月圆人不圆"的怅恨，骨子里却是怀念亲人的心事，借见月而表达词人对亲人的怀念之情。"人有悲欢离合，月有阴晴圆缺，此事古难全"三句，写词人对人世悲欢离合的解释，表明词人由于受庄子和佛家思想的影响，形成了一种洒脱、旷达的襟怀，齐宠辱，忘得失，超然物外，把作为社会现象的人间悲怨、不平，同月之阴晴圆缺

这些自然现象相提并论，视为一体，求得安慰。结尾"但愿人长久，千里共婵娟"，转出更高的思想境界，向世间所有离别的亲人（包括自己的兄弟），发出深挚的慰问和祝愿，给全词增加了积极奋发的意蕴。词的下阕，笔法大开大合，笔力雄健浑厚，高度概括了人间天上、世事自然中错综复杂的变化，表达了词人对美好、幸福生活的向往，既富于哲理，又饱含深情。

苏轼兄弟之间情谊甚笃。他与苏辙在熙宁四年（1071年）颍州分别后已有六年没有相见了。苏轼原来任杭州通判，因苏辙在济南任掌书记，特地请求北徙。到了密州还是无缘相会。"咫尺天不相见，实与千里同，人生无离别，谁知恩爱重"（《颍州初别子由》），但苏轼认为，人有悲欢离合同月有阴晴圆缺一样，两者都是自然常理，无须伤感。终于以理遣情，从共同赏月中互致慰藉，离别是人生的憾事，就从友爱的感情中得到了补偿。人生不求长聚，两心相照，明月与共，未尝不是一个美好的境界。这首词上阕是执著人生，下阕则是善处人生，表现了苏轼

热爱生活、情怀旷达的一面。

这首词是苏轼哲理词的代表作。词中充分体现了词人对永恒的宇宙和复杂多变的人类社会两者的综合理解与认识，是词人的世界观通过对月和对人的观察所做的一个以局部足以概括整体的小小总结。词人俯仰古今变迁，感慨宇宙流转，厌倦宦海浮沉，在皓月当空、孤高旷远的意境氛围中，渗入浓厚的哲学意味，揭示睿智的人生理念，达到了人与宇宙、自然与社会的高度契合。

这首词的境界高洁，说理通达，情味深厚，并出以潇洒之笔，一片神行，不假雕琢，卷舒自如，因此九百年来传诵不衰。"中秋词自东坡《水调歌头》一出，余词尽废"（胡仔《苕溪渔隐业话后集》卷三九）。吴潜《霜天晓角》："且唱东坡《水调》，清露下，满襟雪。"《水浒传》第三十回写八月十五"可唱个中秋对月对景的曲儿"，唱的就是这"一支东坡学士中秋《水调歌》"。可见此词在宋元时代就已经流传很广了。

丙辰中秋，欢饮达旦，大醉，作此篇。兼怀子由。

明月几时有？把酒问青天。不知天上宫阙，今夕是何年。我欲乘风归去，又恐琼楼玉宇，高处不胜寒。起舞弄清影，何似在人间！

转朱阁，低绮户，照无眠。不应有恨，何事长向别时圆？人有悲欢离合，月有阴晴圆缺，此事古难全。

但愿人长久，千里共婵娟。

水调歌头：大曲《水调歌》的首段，故曰"歌头"。双调，
九十五字，平韵。

丙辰：熙宁九年（1076年）。苏辙字子由。

李白《把酒问天》："青天有月来几时？我今停杯一问之。"

牛僧孺《周秦行纪》："共道人间惆怅事，不知今夕是何年。"

司马光《温公诗话》记石曼卿诗："月如无恨月长圆。"

婵娟：月色美好。

丙辰年的中秋节，高兴地喝酒到第二天清晨，一直喝到酩
酊大醉，写了这首词，同时怀念弟弟子由。

明月是什么时候出来的呢？我端着酒杯问青天。不知道天上的神仙宫阙里，现在是什么年代了。我想乘着清风回到天上，却又怕经受不住玉石砌成的美丽月宫的寒冷。在浮

想联翩中，对月起舞，清影随人，仿佛乘云御风，置身于天上，哪里像是在人间！

月亮转动，照耀着华美的楼阁，夜深的时候，月光又低低地透进雕花的门窗里，照着心事重重不能安眠的人。月亮已经圆了，便不应该有恨了，但为什么常常要趁着人们离别的时候变圆呢？人的遭遇，有悲哀、有欢乐、有离别，也有团聚；月亮呢，也会有阴、晴、圆、缺；这种情况，自古以来就是如此，难得十全十美。只愿我们都健康和长在，虽然远离千里，却能够共同欣赏这美丽的月色。

诗人与月亮

中国是诗的国度，自古以来，吟咏山川景物、花鸟虫鱼、风土民情、悲欢离合及凭古吊今、怀念伤别的文章数不胜数。可以说人类与自然界有着天生的亲缘关系，特别是艺术家们，

他们善感的心灵最容易被自然所感动。他们以天生的触角感受和描绘着这个世界，因此，自然界中的万事万物都可以"笼天地于形内，挫万物于笔端"，风花雪月，都成为他们描写的对象。

翻开中国浩如烟海的文学史，不难发现从人类发出的第一声吟唱，经过艰难的蜕变，直到今天的文学作品，月亮一直是人们吟哦的对象，并且长久不衰。唐诗和宋词，以描写月亮为主题的诗词竟然占到四分之一，可见人们对它的关注程度之高。

在中国的文化里，月亮一开始就不是一个普通的星体，它是伴随着神话的世界飘然而至的，负载着深刻而又深沉的文化内容，从而也就有了文化属性上的"中国月亮"。

在月光世界里，中国人那根极其轻妙、极其高雅而又极为敏感的心弦，时常被温润晶莹、流光迷离的月色轻轻地拨响。一切的烦恼和郁闷、一切的欢欣和愉快、一切人世间的忧患、一切生离死别，仿佛都是被月亮无端地招惹出来的，而人们的种种缥缈幽约的心境，不但能够假月相证，而且能够在温婉宜人的月光世界中得到。淡淡的月光世界不仅仅反映出中国人的审美境界和意趣，也反映出中国文人的心象构成。

咏月诗在中国古典诗歌中占有非常独特的地位，月亮可以说是古代诗人最偏爱的一个意象。古诗中的"月"表现为以下几种象征：首先是象征团圆，以月圆比喻人的团圆，以月缺比喻人的离别，比较有代表性的是苏轼的《水调歌头》："人有悲欢离合，月有阴晴圆缺，此事古难全。但愿人长久，千里共

婵娟。"其次是象征思念，月亮被寄寓了丰富的内涵，思念家人、思念故乡，最具有代表性的是李白的"床前明月光，疑是地上霜。举头望明月，低头思故乡"。第三是把月亮当成美好的象征、爱的象征，比如张若虚的《春江花月夜》："春江潮水连海平，海上明月共潮升。滟滟随波千万里，何处春江无月明？""江畔何人初见月，江月何年初照人。人生代代无穷已，江月年年只相似。不知江月待何人，但见长江送流水。"按照闻一多的解释，这里的"月"代表的是爱心的传递。第四是把月亮作为纯洁无瑕的象征，进而引申为晶莹剔透的境界，以自然的纯洁对应人类心灵的纯洁，比如李白的《玉阶怨》："玉阶生白露，夜久侵罗袜。却下水精帘，玲珑望秋月。"这里把月亮作为最美好、最纯洁的象征。

　　中国人的人生观并不是一种科学的人生观，而是一种艺术的人生观，月亮作为一种物我两忘契合天机的神秘启示物，也参与了中国士大夫的人格塑造。"万古长空，一朝风月"是中国人神往的艺术境界。只有那江上之清风与山间之明月，耳得之为声，目遇之成色，取之无尽，用之不竭，是造物者的宝藏也。当士大夫经历了人生波折顿悟了人生的禅机，便自然而然地走向那澄澈晶莹的月光世界，希冀着"抱明月而长终"，吟风啸月成为士大夫努力追求的人格化身。一轮明月缺圆盈亏，历时邈远，汇聚着历史的烟尘，而中国人心灵中那轮艺术的明月却永远是皎洁宁静的。

海上生明月，天涯共此时。

——张九龄《望月怀远》

唯应待明月，千里与君同。

——许浑《秋霁寄远》

念故人，千里自此共明月。

——寇准《阳关引》

都是"闹"字惹的火

木兰花（东城渐觉风光好）宋祁

在中国历代的文学作品中，描写春天的篇章数不胜数，宋祁的《玉楼春》就是公认的一篇佳作，全词想象新颖，颇具特色。词人在赞颂明媚春光的同时，又表达了及时行乐的情趣。上阕写春日绚丽的景色，颇有精到之处，尤其是"红杏枝头春意闹"点染得极为生动。下阕抒写寻乐的情趣。王国维在《人间词话》中对其中"红杏枝头春意闹"一句给予了极高的评价，所谓"着一'闹'字，而境界全出"。

此词上阕从游湖写起"东城渐觉风光好"，叙述的语气缓缓而来，表面上似是不经意之语，但"好"字却已压抑不住对春天的赞美之情。以下三句就是"风光好"的具体发挥与形象写照。首先是"縠皱波纹迎客棹"，以拟人化的手法，将水波写得生动、亲切而又富于灵性。把人们的注意力引向盈盈的春水，那一条条漾动着的波纹，仿佛是在向客人招手表示欢迎。让人们跟随它去观赏"绿杨""绿杨"一句写远处杨柳如烟，一片嫩绿，虽然是清晨，却仍有轻微的寒气。"绿

杨"点出了"客棹"来临的时光与特色。"晓寒轻"写的是春意，也是词人心头的情意。"波纹""绿杨"都是春天的象征。但是，更能象征春天的却是春花，在此前提下，上阕最后一句终于咏出了"红杏枝头春意闹"这一千古绝唱，以杏花的盛开衬托浓浓的春意，词人以拟人的手法，用一个"闹"字，将烂漫的春光描绘得活灵活现，呼之欲出。如果说这一句是画面上的点睛之笔，还不如说是词人心中绽开的感情花朵。"闹"字不仅形象地表现出杏花的纷繁艳丽，更把生机勃勃的大好春光全都点染了出来。"闹"字不仅有色，而且似乎有声。

下阕则一反上阕明艳的色彩、舒朗的意境，感叹人生如梦，岁月虚无缥缈，匆匆即逝，因而应当及时行乐，从词人的主观情感上对美好的春光作进一步的烘托，感叹浮生若梦，苦多乐少，不能吝惜金钱而轻易放弃这欢乐的瞬间。词人身居要职，官务缠身，很少有时间或机会从春天里寻找人生的乐趣，故引以为"浮生"之"长恨"。

于是，就有了宁弃"千金"而不愿放过大好春光，获取短暂"一笑"的感慨。此处化用"一笑倾人城"的典故，抒写词人携妓游春时的心境。既然春天如此可贵可爱，词人禁不住"为君持酒劝斜阳"，提出了"且向花间留晚照"的强烈要求。这要求是"无理"的，因此也是不可能实现的，却能够充分表现出词人对春天的珍视，对光阴的爱惜。

这首词章法井然，开阖自如，言情虽缠绵却并不轻薄，措词虽华美而不浮艳，将执著人生、惜时自贵、流连春光的情怀抒写得淋漓尽致，具有极高的艺术价值。

宋祁诗词俱佳。其诗内容多为书景状物，文字工丽，描写生动。他的词更是为人称羡，正是因为"红杏枝头春意闹"一句，博得了时人的交口称赞，同时代的词人张先便送给宋祁"红杏尚书"的雅号。

东城渐觉风光好，縠皱波纹迎客棹。绿杨烟外晓寒轻，红杏枝头春意闹。

浮生长恨欢娱少，肯爱千金轻一笑。为君持酒劝斜阳，且向花间留晚照。

縠皱：即皱纱，比喻水的波纹。
浮生：指漂浮无定而短暂人生。

在城的东边已经能够感受到春天的气息，风光旖旎，出门

踏春，只见水面上泛起的波纹如同轻纱上的皱纹，杨柳已经变绿了。远远望去如同笼罩了一层缥缈的烟雾，而春寒料峭，凉意依然，只有那枝头盛开的杏花装扮着烂漫的春光。人生如梦，俗务缠身，少了一些欢愉的时光，我真愿意用千金来博得美人的微笑，和朋友举杯挽留那稍纵即逝的夕阳，让它陪伴我们在花间漫步悠游。

一笑倾人城，再笑倾人国

西周的时候，周幽王得到一名绝世美女，名叫褒姒，她是古褒国人为了赎罪，而献给天子周幽王的。褒姒长得美极了，她的容貌简直就是闭月羞花、沉鱼落雁。她虽然有一张美妙绝伦的容颜，但是却像被贬到凡间的仙子一般，总也快活不起来，整天都是一副冷冰冰的样子。

周幽王非常宠爱她，但是却始终都没有见过她笑的样子，幽王心里非常着急，怎么办呢？今天山珍海味，明天绫罗绸缎，后天歌舞升平，花样层出不穷，但结果

却只有一个——失败：这美的像是不食人间烟火似的褒姒，人间的乐趣对她而言却都显得索然无味。昏庸的周幽王却放着民不聊生、饿殍遍野的国家不去治理，整天就想着如何才能逗褒姒一笑。

周幽王已经无计可施，褒姒依然是我行我素的冷冰冰。后来周幽王手下的一名弄臣想出了一个馊到极点的主意，他建议周幽王命人点燃烽火台上的狼烟，然后就可以和褒姒在那里等着看笑话了。古时候通讯工具不发达，当国家受到侵略的时候，就点燃烽火作为警报。西周的诸侯们看到烽火警报，都以为是外敌入侵，纷纷率大军前来解救。等他们匆忙赶到的时候才发现原来是天子为了一个女人而戏弄他们，诸侯们都感到像是被人扇了一记响亮的耳光，窝着一肚子火却又无可奈何，只好乱哄哄、闹嚷嚷、垂头丧气地回去了。褒姒呢，看到这番场景，只觉得周幽王很无聊，不由得大笑起来，而周幽王也终于达成心愿，看到美人的笑容了。

周幽王干的这件荒唐事儿，历史上称之为"烽火戏诸侯"。但是历史又和周幽王开了一个玩笑，没过多久，北方蛮族犬戎大举进犯。周天子慌忙命人燃起烽火，向诸侯求救。诸侯们看

到冲天的烽烟，心里就想："肯定是天子为了那女人又在戏弄我们！"于是，没有一个诸侯引兵来救，周天子也就顺理成章地亡了国，自己也命丧于犬戎的乱刀之下。

美人没有错，都是昏君惹的祸。一笑倾人城，再笑倾人国。对于褒姒以及那一段历史，后人以一个成语"倾国倾城"来形容。自那以后，又有几位美女，让宠幸她们的人倾了国倾了城，譬如貂蝉，譬如杨玉环，譬如陈圆圆……

春风又绿江南岸，明月何时照我还。

——王安石《泊船瓜洲》

等闲识得东风面，万紫千红总是春。

——朱熹《春日》

扬州的前世今生
扬州慢（淮左名都）姜夔

　　这首《扬州慢》写于宋孝宗淳熙三年（1176 年）冬至日，词前的小序对写作时间、地点及写作动因均作了交待。姜夔因路过扬州，目睹了战争洗劫后的扬州，一片萧条景象，抚今追昔，悲叹今日的荒凉，追忆往昔的繁华，发为吟咏，以寄托对扬州昔日繁华的怀念和对今日山河破碎的哀思。

　　词人到达扬州的时候，离金主完颜亮南侵只有十五年，当时词人只有二十几岁。这首震古烁今的名篇一出，就被他的叔岳肖德藻（即千岩老人）称为有"黍离之悲"。《诗经·五风·黍离》篇写的是周平王东迁之后，故宫尽毁，长满禾黍的凄凉场景，诗人见到后，悼念故园，不忍离去。

　　这首词充分体现了词人提出的诗歌要"含蓄"和"句中有余味，篇中有余意"（《白石道人诗说》）的主张，也是历代词人抒发"黍离之悲"而富有余味的罕有佳作之一。词人"解鞍少驻"的扬州，位于淮水之南，是历史上令人神往的"名都""竹西佳处"是从杜牧《题扬州禅智寺》"谁知竹西路，歌吹是扬州"化出。竹西，是一处亭子的名字，在扬州东蜀岗上禅智寺前，那里风光优美。但是经过金兵铁蹄的蹂躏之后，如今已是满目疮痍了。经过"胡马"破坏后的残痕，到处可见，词人用"以少总多"的手法，只摄取了两个镜头："过春风十里，尽荠麦青青"和满城的"废池乔木"。"荠麦青青"使人联想到古代诗人反复咏叹的"彼黍离离"的诗句，并从"青青"所特有的一种凄艳色彩，增加青山故国之情。"废池"极见蹂躏之深，"乔木"寄托故园之恋。

这种景物所引起的意绪，就是"犹厌言兵"。清人陈廷焯特别欣赏这段描写，他说："写兵燹后情景逼真。'犹厌言兵'四字，包括无限伤乱语，他人累千百言，亦无此韵味。"（《白雨斋词话》卷二）这里，词人使用了拟人化的手法，连"废池乔木"都在痛恨金人发动的这场不义战争，物犹如此，何况于人！这在美学上也是一种移情的手法。

上阕的结尾三句"渐黄昏，清角吹寒，都在空城"，却又转换了一个画面，由所见转而写所闻，气氛的渲染也更加浓烈。当日落黄昏之时，悠然而起的是清角之声，打破了黄昏的沉寂，这是用音响来衬托寂静，更加增添了萧条的意绪。"清角吹寒"四字，"寒"字用得很妙，寒意本来是天气给人的触觉感受，但是词人却不言天寒，而说"吹寒"，把角声的凄清

与天气的寒冷联系在一起，把产生寒的自然方面的原因抽去，突出人为的感情色彩，似乎是角声把寒意吹散在这座空城里。

听到的是清角的悲吟，感到的是寒气逼人，再联系到视觉所见的"荠麦青青"与"废池乔木"，这一切交织在一起，一切景物在空间上来说都统一在这座"空城"里，"都在"二字，使一切景物都联系在了一起。着一个"空"字，化景物为情思，把景中情与情中景融为一体，写出了金兵破坏后留下这一座空城所引发的愤慨；写出了对宋王朝不思恢复，竟然把这一座名城亲手断送的悲痛之情；也写出了宋王朝就凭这样一座"空城"防边，如何不让人们忧心忡忡，哀深恨切。

词的下阕以昔日的"杜郎俊赏""豆蔻词工""青楼梦好"等风流繁华景象来反衬今日的风流云散、对景难排和深情难赋。以昔时"二十四桥明月夜"（杜牧《寄扬州韩绰判官》）的乐章，反衬今日"波心荡、冷月无声"的哀景。这里写杜牧的情事，主要目的并不在于评论和怀念杜牧，而是想通过"化实为虚"

的手法，点明这样一种"情思"：即使是杜牧的风流俊赏，"豆蔻词工"，可是如果他今天重到扬州的话，也一定会对眼前的景象感到惊讶。借"杜郎"的史实，反衬"难赋"之苦。"波心荡、冷月无声"的艺术描写，是非常精细的特写镜头。二十四桥仍在，明月夜也仍然有，但是"玉人吹箫"的风月繁华已经不复存在了。词人用桥下"波心荡"的动，来映衬"冷月无声"的静。"波心荡"是俯视之景，"冷月无声"本来是仰观之景，但是映入水中，又成为俯视之景，与桥下荡漾的水波合成了一个画面，从这个画境中，似乎可以看到词人低首沉吟的形象。总之，写昔日的繁华，正是为了表现今日之萧条。善于化用前人的诗境入词，用虚拟的手法，使其一波未平，一波又起，余音缭绕，韵味不尽，也是这首词的特色之一。《扬州慢》大量化用杜牧的诗句与诗境，又点出杜郎的风流俊赏，把杜牧的诗境，融入自己的词境。

　　淳熙丙申至日，予过维扬。夜雪初霁，荠麦弥望。入其城则四顾萧条，寒水自碧，暮色渐起，戍角悲吟。予怀怆然，感慨今昔，因自度此曲，千岩老人以为有黍离之悲也。

　　淮左名都，竹西佳处，解鞍少驻初程。过春风十里，尽荠麦青青。自胡马窥江去后，废池乔木，犹厌言兵。渐黄昏，清角吹寒，都在空城。

杜郎俊赏，算而今、重到须惊。纵豆蔻词工，青楼梦好，难赋深情。二十四桥仍在，波心荡、冷月无声。念桥边红药，年年知为谁生！

淮左：宋在苏北和江淮设淮南东路和淮南西路，淮南东路又称淮左。

竹西：扬州城东一亭名，景色清幽。

春风十里：借指昔日扬州的最繁华处。杜牧《赠别》"娉娉袅袅十三馀，豆蔻梢头二月初。春风十里扬州路，卷上珠帘总不如。"这首诗也就是下阕的"豆蔻词"。

胡马窥江：1129 年和 1161 年，金兵两次南下，扬州都遭惨重破坏。这首词作于 1176 年。

杜郎：唐朝诗人杜牧，他以在扬州诗酒轻狂著称。

青楼梦：杜牧《遣怀》，"十年一觉扬州梦，赢得青楼薄幸名。"

二十四桥：在扬州西郊，传说有二十四位美人吹箫于此。杜牧有诗云："二十四桥明月夜，玉人何处教吹箫。"

桥边红药：二十四桥又名红药桥，桥边生红芍药。

淳熙丙申至日，我路过扬州。夜雪初停，荞麦长得无边无际。进城之后，我所见到的是一片萧条的景象，寒冷的水绿绿的，暮色渐渐笼来，戍楼中传来了黄昏的号角。我的心情受到此情此景的影响，悲怆感伤，生出无限的感慨，自创了这首词曲。千岩老人认为有《黍离》之悲。

　　扬州是淮左著名的都会，这里有风景秀丽的竹西亭。我在此停留下来。自从金兵南侵之后，就连这废弃的城池和老树，都感到厌倦了战争。渐渐的到了黄昏，凄清的号角吹响，这里仿佛是一座无人的空城。曾在这里游赏的杜牧，假如今天旧地重游的话，肯定也会惊讶于它的变化。纵然那豆蔻词写得再美，青楼美梦再好，恐怕也难以表达此时此刻的心情，二十四桥还在，波心中荡漾着冷月的光影，无声无息。可叹桥边的那一年一度的芍药，那姹紫嫣红的花儿年年在为谁开放？

诗人的扬州

　　扬州自古就是经济繁荣之地，经济的繁荣也为文化艺术的发展创造了条件。开元、天宝年间的诗人张若虚就是扬州人，他和贺知章、包融、张旭并称为"吴中四杰"。他的一首长篇《春江花月夜》中的"春江潮水连海平，海上明月共潮生。滟滟随波千万里，何处春江无月明"是传诵千古的佳句。

　　扬州也是一个久负盛名的地方，千百年来，骚人墨客、文艺作家们为它写下了多少瑰丽绚烂的篇章，描绘了多少动人的故事。或者为诗文，或谱成词曲，或披以管弦，演上青毡，唐诗、宋词、元曲和明清小说戏剧中，随处都可以看到有关扬州的作品。因而千古流传，八方传播，扬州也因此闻名遐迩、妇

孺皆知。

唐代文人描写扬州的作品很多，流传也最广、影响最深的是唐诗：

"江横渡阔烟波晚，潮过金陵落叶秋。嘹唳塞鸿经楚泽，浅深红树见扬州。夜桥灯火连星汉，水郭帆樯近斗牛。今日市朝风俗变，不需开口问迷楼。"（李绅）

"广陵实佳丽，隋季此为京。八方称辐凑，五达如砥平。大旆映空色，箫发连营。层台出重霄，金碧摩颢清……"（权德舆）

以上是写扬州的繁华并寄感慨的。

"夜市千灯照碧云，高楼红袖袖客纷纷。如今不似时平日，犹自笙歌彻晓闻。"（王建）

"霜落寒空月上楼，月中歌吹满扬州。相看醉舞倡楼月，不觉隋家陵树秋。"（陈羽）

"十里长街市井连，月照桥上看神仙；人生只合扬州死，禅智山光好墓田。"（张祜）

以上是描写扬州的金迷纸醉的都市生活。写过"十年一觉扬州梦，赢得青楼薄幸名"的杜牧这样说："扬州胜地也，每重城（重城在郡内）向夕，常有绛纱灯万数，辉耀罗列空中。九

里三十步街中，珠翠填咽，邈若仙境。"

"菊芳沙渚残花少，柳过秋风坠叶疏。堤门津喧市井，路交村陌混樵渔。"（李绅）

"江北烟光里，淮南胜事多。市鄽持烛入，邻里漾船过。有地惟栽竹，无家不养鹅。春风荡城郭，满耳是笙歌。"（姚合）

"青山隐隐水迢迢，秋尽江南草未凋；二十四桥明月夜，玉人何处教吹箫？"（杜牧）

"天下三分明月夜，二分无赖是扬州。"（徐凝）

以上多是描写扬州城的秀美风光，这些诗差不多是每个文人都熟读不忘的。大诗人李白，在扬州不到一年，用公币三十余万，留下一段风流豪放的佳话。他的一首："故人西辞黄鹤楼，烟花三月下扬州。孤帆远影碧空尽，惟见长江天际流。"唤起无数人对扬州的向往。

十里长街，八方通达。帆樯如林，灯火独天。扬州的确是繁盛的。它的活跃，显示了整个社会的脉搏都在跳动。扬州也确实是美丽的，水郭江香，绿杨红树，连郊

外都是满耳笙歌，月亮好像也比别处的皎洁，这固然是诗人们夸张的手法，但夸张也离不开扬州美丽的客观现实。同时，扬州仍然是朴实的，人民也是勤劳的。阡陌纵横，渔樵错杂，处处栽竹，家家养鹅，这是广大人民的本色，也是经济繁荣的基础。

宋代的扬州，很长一段时间处在战争的前哨，旧时的繁华，多成陈迹。然而欧阳修曾在平山堂招伎侑酒，传花行令，一时被人们称羡为风流太守。他在《答通判吕太傅》一诗中写道："千顷芙去盖水平，扬州太守旧多情，画盆围处花光合，红袖传来酒行令。"人们一直称他为风流太守。

苏东坡的扬州游赏词："山与歌眉敛，波同醉眼流，游人都上十一楼，道上竹西歌吹古扬州。"也是千古词人击节称赏的。

元代战后的扬州，仍然是被人称道的。吴师道扬州诗："画鼓清箫估客（估客，曲名）舟，朱竿翠幔酒家楼，城西高屋如鳞起，依旧淮南第一州。"尤其是戏曲家乔孟符写扬州梦杂剧，故事是写杜牧之和张好好终成眷属，而写扬州的情景多为元时的实况。

明代大戏剧家汤显祖，所作的四林之首《牡丹亭还魂记》，是举世闻名的杰作。游园惊梦等折，现在舞台上还不时上演。其中第二十三出［冥判］（么篇）"……则这水玻璃堆起望乡台，可哨见纸铜钱夜市扬州界"。已提到扬州的夜市。而第三十一出［缮备］（番小算）"边海一边江，隔不绝胡尘，维扬新筑两城墙，酾（音湿，斟酒）酒临江上"。（前腔）"三千客两行，百二关重壮，维扬风景世无双，直山层楼望。"虽写的宋代故事，却兼借扬州的名胜作背景。

而明代张岱《陶庵梦忆》中的"扬州清明"写的也极为美丽生动，如展画图。总括说："余所见者，唯西湖春、秦淮夏、虎丘秋，差足比拟耳。然彼皆团簇一块，如画家横坡，此独鱼贯雁比，舒于且三十里焉，则画家之手卷矣。"

清孔尚任写的名剧《桃花扇》。第十八出［争位］叙述"史阁部统率的四镇主将高杰、黄得功、刘泽清、刘良佐不顾国难，直想争驻扬州，以图享受。黄刘等结伙与高杰火拼。（煞尾）领着一支兵，（指高杰）和他三家傲，（指黄刘刘）似垒卵泰山压倒。你占住繁华廿四桥，竹西明月夜吹箫。他也想隋堤柳下安营巢，不教你蓄鼙观独琼花少。谁不羡扬州鹤背飘，休说你腰缠十万好，怕明月杀声咽断广陵涛"。既写明末一班将领的不顾大局，结党营私，也写扬州的佳丽，令人留恋不舍，甚至要拼命争夺。

乾隆年间一度繁荣，扬州大兴园林，文人们的歌咏大量涌现，《扬州画舫录》可谓是集大成之作。而写扬州的园林美景最能高度概括的在该书序文二里有这几句："增假山而作陇，家家住青翠城；开止水以为渠，处处是烟波楼阁。"既清幽，又华丽，显示了扬州美丽的风光，特有的风格。

扬州是诗人梦想中的地方，他们也通过自己的作品为人们营造出一个梦幻中的扬州。

前不见古人，后不见来者。念天地之悠悠，独怆然而涕下。

——陈子昂《登幽州台歌》

闻说到扬州，吹箫有旧游。人来多不见，莫是上迷楼。

——贾岛《寻人不遇》

落魄江湖载酒行，楚腰纤细掌中轻。十年一觉扬州梦，赢得青楼薄幸名。

——杜牧《遣怀》

画鼓清箫估客舟，朱竿翠幔酒家楼。城西高屋如鳞起，依旧淮南第一州。

——吴师道《扬州》

江山不似少年游

唐多令（芦叶满汀洲） 刘过

这是一首名作，后人誉为"小令中之工品"。工在哪里？此写秋日重登二十年前旧游地武昌南楼，所见所思，缠绵凄怆。在表层山水风光乐酒留连的安适下面，可以感到词人心情的沉重与失落，令人读后倍感辛酸。畅达流利而熟练的文辞描写，和谐工整而圆滑的韵律，都好似在这酒酣耳热纵情声色的场面中不得不挂在脸上的笑容——有些板滞不太自然的笑容。

这淡淡而深深的哀愁，如布满汀洲的芦叶，如带浅流的寒沙，不可胜数莫可排遣。面对大江东去黄鹤断矶竟无豪情可抒！表中郎谓："大抵物真则贵，真则我面不能同君面，而况古人之面貌乎？"读此《唐多令》应该补充一句："真则我面不能同我面。"初读谁相信这是大声镗鞳的豪放词人刘过之作？王国维《人间词话》说："能写真景物、真感情者，谓之有境界。"《唐多令》情真、景真、事真、意真地写出又一个具有个性独创性的刘改之，此小令之"工"，首在这新境界的创造上。

论者多说此词暗寓家国之愁。怎么见得？请看此词从头到尾在描写缺憾和不满足:"白云千载空悠悠"的黄鹤山头,所见只是芦叶汀洲、寒沙浅流,滔滔大江不是未见,无奈与心境不合;柳下系舟未稳,中秋将到未到;黄鹤矶断,故人不见;江山未改,尽是新愁;欲纵情声色诗酒,已无少年豪兴。恢复无望,国家将亡的巨大哀感遍布华林,不祥的浓云压城城欲摧。伫立灰冷色调的武昌蛇山之巅,望野抒怀,真使人

肝肠寸断，不寒而栗。

韩昌黎云："欢愉之词难工，穷苦之音易好。"其实，忧郁之情，达之深而近真亦属不易。如果过于外露倾泻，泪竭声嘶，反属不美，故词写悲剧亦不可无含蓄，一发不可收形成惨局。此《唐多令》，于含蓄中有深致，于虚处见真事、真意、真景、真情。情之深犹水之深，长江大河，水深难测，万里奔流，转无声息。吾知此词何以不刻画眼前之大江矣？愁境入情，江流心底。"问君能有几多愁？恰似一江春水向东流。"（此段略用傅庚生先生意）

武昌为当时抗金前线，了解这一历史背景，对词中外松内紧和异常沉郁的气氛应当更能有所体会。

　　安远楼小集，侑觞歌板之姬黄其姓者，乞词于龙洲道人，为赋此《唐多令》。同柳阜之、刘去非、石民瞻、周嘉仲、陈孟参、孟容。时八月五日也。

　　芦叶满汀洲，寒沙带浅流。二十年重过南楼。柳下系舟犹未稳，能几日，又中秋。
　　黄鹤断矶头，故人今在不？旧江山浑是新愁。欲买桂花同载酒，终不似、少年游。

南楼：指安远楼。
黄鹤断矶：黄鹤矶，在武晶城西，上有黄鹤楼。

浑是：全是。

　　我同一帮友人在安远楼聚会，酒席上一位姓黄的歌女请我作一首词，我便当场创作此篇。时为八月五日。芦苇的枯叶落满沙洲，浅浅的寒水在沙滩上无声无息地流过。二十年光阴似箭，如今我又重新登上这旧地南楼。柳树下的小舟尚未系稳，我就匆匆忙忙重回故地。因为过不了几日就是中秋。早已破烂不堪的黄鹤矶头，我的老朋友有没有来过？我眼前满目是苍凉的旧江山，又平添了无尽的绵绵新愁。想要买上桂花，带着美酒一同去水上泛舟逍遥一番。但却没有了少年时那种豪迈的意气。

桂花与桂花酒

　　自古以来，人们都把桂花看成是富贵吉祥、子孙昌盛的象征，桂花酿制的酒自然也倍受人们喜爱，大家可知这桂花来自何处？

　　传说两英山下住着一位卖山葡萄酒的寡妇，为人善良豪爽，因她酿的酒口味甘甜，人们尊称她仙酒娘子。

　　一个冬天的早上，仙酒娘子发现自家门前躺着一个衣不蔽体，骨瘦如柴的男乞丐。仙酒娘子摸摸他的鼻口，还有点气息，就把他背到了家里。

先给他灌了碗热汤，又让他喝了半碗酒，那乞丐渐渐苏醒过来，连忙向她道谢："多谢娘子救命之恩，你看我全身瘫痪，行动不便，能不能多收留我几日，不然我出去不是冻死就是饿死了。"仙酒娘子有些为难，俗话说"寡妇门前多是非"，他住在家中别人一定会说闲话的，但看他实在可怜就同意留他住几日。

　　没几日关于仙酒娘子的议论果然多起来，大家渐渐疏远她，买酒的人也越来越少，仙酒娘子的日子也日趋艰难了，但她还是尽心地照顾乞丐。到后来没人来买酒了，生活无法维系，乞丐见此情景深感过意不去就偷偷地走了。仙酒娘子放心不下去寻他，在半路遇到一个老头，肩上挑了一担柴，吃力地走着，忽然，老人摔倒在地，柴也撒了，仙酒娘子急忙过去，见老人气息微弱，嘴里喊着"水，水……"前不着村后不着店的哪有水？仙酒娘子就咬破自己的手指，正要把血滴进老人嘴里，老人忽然不见了。一阵微风，天上飞来一个黄布袋，袋中有许多小黄纸包，包中是桂花树的种子，另有一张黄纸条，上面写着：

　　　　月宫赐桂子，奖赏善人家。

　　　　福高桂树碧，寿高满树花。

　　　　采花酿桂酒，先送爹和妈。

　　　　吴刚助善者，降灾奸诈滑。

　　这时仙酒娘子明白了原来那两个人都是吴刚变的。她欣喜地把这些桂花的种子分给大家，善良的人埋下种子，很快长出

桂树，开满桂花，满院的香甜；心术不正的人种下桂花，种子
却不发芽。从此就有了象征富贵吉祥、可以分辨善恶的桂花和
桂花酒。

　　暗淡轻黄体性柔，情疏迹远只香
留。何须浅碧深红色，自是花中第一流。

　　　　　　　　　　——李清照《鹧鸪天·桂花》

　　安知南山桂，绿叶垂芳根。清阴亦可托，何惜树
君园。

　　　　　　　　　　　　　　——李白《咏桂》

边关犹记小妆老

青门饮（胡马嘶风）时彦

　　此词为词人远役怀人之作。词的上阕纯写境界，描绘词人旅途所历北国风光，下阕展示回忆，突出离别一幕，着力刻绘伊人形象。本词上阕开始几句，词人将亲身经历的边地旅途情景，用概括而简炼的字句再现出来。"胡马"两句，写风雪交加，在呼啸的北风声中，夹杂着胡马的长嘶，真是"胡马依北风"，使人意识到这里已离边境不远。抬头而望，"汉旗"，即宋朝的大旗，却正随着纷飞的雪花上下翻舞，车马就在风雪之中行进。"彤云"两句，写气候变化多端。正行进间，风雪逐渐停息，西天晚霞似火，夕阳即将西沉。"一竿残照"，是形容残日离地平线很近。借着夕阳余晕，只见一片广阔荒寒的景象，老树枯枝纵横，山峦错杂堆叠；行行重行行，暮色沉沉，唯有近处的平沙衰草，尚可辨认。"星斗"以下，写投宿以后夜间情景。从凝望室外星斗横斜的夜空，到听任室内灯芯燃烧，聚结似花，还有鸭形熏炉不断散放香雾，烛泪滴凝成冰，都是用来衬托出长夜漫漫，词人沉浸在思念之中，一晚上都难以入睡的相思之情。下阕用生活化的语言和委婉曲折的笔触勾勒出那位"宠人"的形象。离情别意，本来是词中经常出现的内容，而且以直接描写为多，词人却另辟蹊径，以"宠人"的各种表情和动态来反映或曲折地表达不忍分离的心情。

"长记"三句，写别离前夕，她浅施粉黛、装束淡雅，在饯别宴上想借酒浇愁，却是稍饮即醉。"醉里"三句，写醉后神情，由秋波频盼而终于入梦，然而这却只能增添醒后惜别的烦恼，真可谓"借酒浇愁愁更愁"了。这里刻画因伤离而出现的姿态神情，都是运用白描和口语，显得婉转生动，而人物内心活动却从中曲曲道出。结尾四句，是词人继续回想别时难舍难分的情况，其中最牵惹他的思情，就是她上前附耳小语的神态。这里不用一般篇末别后思念的写法，而以对方望归的迫切心理和重逢之时的喜悦心情作为结束。耳语的内容是问他何时能跃

马归来，是关心和期待，想到了对方迎接时愉悦的笑容，于是词人进一层展开一幅重逢之时的欢乐场面，并以充满着期待和喜悦的心情总收全篇。

这首词写境悲凉，抒情深挚，语言疏密相间，密处凝练生动，疏处形象真切。词中写景、写事笔墨甚多，直接言情之处甚少。词人将抒情融入叙写景事之中，以细腻深婉的情思深深地感染读者。

　　胡马嘶风，汉旗翻雪，彤云又吐，一竿残照。古木连空，乱山无数，行尽暮沙衰草。星斗横幽馆，夜无眠、灯花空老。雾浓香鸭，冰凝泪烛，霜天难晓。

　　长记小妆才了，一杯未尽，离怀多少。醉里秋波，梦中朝雨，都是醒时烦恼，料有牵情处，忍思量、耳边曾道。甚时跃马归来，认得迎门轻笑。

汉旗：代指宋朝的旗帜。

彤云：红云，此指风雪前密布的浓云。

老：残。

小妆：犹淡妆。

秋波：形容美人秀目顾盼如秋水澄波。

北方的骏马迎着烈风嘶鸣，大宋的旗帜在雪花里上下翻飞，黄昏时分天边又吐出一片红艳的晚霞，夕阳从一竿高的地平线投射着残照。苍老的枯林连接着天空，无数的山峦重叠耸峭，暮色中走遍漫漫平沙，处处皆是衰草。幽静的馆舍上空星斗横斜，无眠的夜实在难熬，灯芯凝结出残花，相思只是徒劳。鸭形的熏炉里香雾浓郁缭绕，蜡烛淌泪像冰水凝晶，夜色沉沉总难见霜天破晓。总记得淡淡梳妆才完了，离别宴上的杯酒尚未饮尽，已引得离情翻涌如潮。醉里的秋波顾盼，梦中的幽欢蜜爱，醒来时都是烦恼。算来更是牵惹情怀处，怎忍细思量她附在耳边的情话悄悄："什么时候才能跃马归来，还能认得迎门的轻柔欢笑！"

悲凉壮美的边塞诗

　　中国的历史是丰盈的，有驼队踩出的丝绸古道，有敦煌的璀璨文明，有蜿蜒万里的长城，有大小数百条运河，尤其是在唐朝，更具天国之风！于是，开疆拓土，千里烽燧，兵刃甲胄……然而，到了中晚唐，大唐帝国却逐渐沦为被别人分裂、

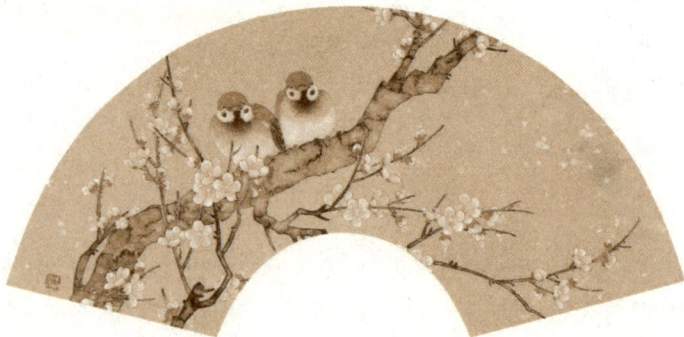

侵略的目标了。

然而，这期间无论是什么时候，都有着一群诗人为历史见证着这边塞的风起云涌！他们有的记录着边塞的英雄，如李白《从军行》中"百战沙场碎铁衣，南城已合数重围。突营射杀呼延将，独领残兵千万归"；也有由边塞的战事讽刺当权者开边黩武的，如杜甫《前出塞》中"杀人亦有限，列国自有疆。苟能制侵略，岂在多杀伤"；也有对边疆景色的描写，如杜甫《后出塞》中"落日照大旗，马鸣风萧萧"，又如岑参的《走马川行奉送出师西征》中"君不见走马川，雪海边，平沙莽莽黄入天"；当然叙事的也不少，像严武的《军城早秋》中"昨夜秋风入汉关，朔云边月满西山。更催飞将追骄虏，莫遣沙场匹马还"；而表现征戍生活的艰险与将士思乡的哀怨的更是不计其数。

然而，即使是一些著名的诗篇，也不免夹杂凄苦之感、悲凉之情，塞外那雄奇风光、天宽地阔，本应是一幅人欢马叫的图景，却使人总想到那鏖兵之苦。

诗歌是一种艺术，是美的，然而在我们欣赏这些美句佳篇之后，便会不由地想到一个亘古未息的话题——战争！

那惨烈、那悲绝，痛彻心扉！然而，为了利益，历朝历代，战火从未熄灭，大秦的铁骑踏遍中国、大汉的雄兵燕然勒功、大唐的兵士南征北战、大宋的军民节节退守，后世更是如此。听，秦皇还在发令；看，太宗还在备战；听，耶律阿保机的喊杀声震彻北国；看，完颜阿骨打的骑士骁勇一方……

在中国战争史上，我国国境内的作战次数至清朝为止已经接近四千次！而战争总数已超过六千次！严重后果可见一斑。

边塞诗的源头，向上可以追溯到先秦时期。《诗经》中的边塞诗作品内容就相当丰富了。唐朝的边塞诗发展到了顶峰，仅就其数量来说，就有近两千首，达到了各代边塞诗数量的总和。唐朝的著名诗人大多写过边塞诗，其内容丰富深刻，体裁风格多样，异彩纷呈。唐朝的边塞诗作，就其美学意义来说，其主导特征是壮美，阳刚之美，令人感到一种极为向上的生命力，体现了唐朝当时泱泱大国的雄浑的民族精神。

边塞诗是以写边疆地区自然风光和边地军民生活为题材的诗。它与军旅、战争题材的诗作有联系却又不能画等号。唐代是我国边塞诗创作最为繁荣的时代，如今一些脍炙人口的名篇佳作大多产生于这一时期。

其实，边塞诗的产生是伴随着我国疆域的相对不稳定而产生的。东汉以后，战争频繁，反映征人思妇的作品，反映边地战争艰苦的作品渐渐多了起来，陈琳的《饮马长城窟行》、曹丕的《燕歌行》、鲍照的《代出自蓟北门行》……这些乐府诗中的名篇杰作均以边塞为题材。又如蔡琰（文姬）的《胡笳十八拍》

《悲愤诗》，以及后世的徐陵《关山月》、王褒《渡河北》、庾信《咏怀》诗中的部分作品，也都为边塞诗史留下了辉煌的篇章。隋代历史短暂，诗歌数量不多，也无一流的大家，但其对外战争却几乎从未间断，故边塞诗作特别发达。卢思道《从军行》、明余庆《从军行》、何妥《入塞》、杨广《饮马长城窟行》《白马篇》《纪辽东》，杨素《出塞二首》、薛道衡《出塞二首》、王胄《白马篇》《纪辽东二首》、虞世基《出塞二首》……不仅均以边塞为题材，而且创作水准都很高，出现了多位诗人同题唱和边塞诗的盛况。显然，这为盛唐边塞诗的繁荣及边塞诗派的出现，奠定了基础。

　　唐代最终结束了自东汉末年以来四百多年战乱和不安定的局面，国家的疆域也大大拓展，与周边国家的关系也出现崭新的局面。唐代建立初年，高祖李渊不得不经常贿赂最大的外部威胁——东突厥，尽管如此，东突厥人仍屡犯太原及京城长安，高祖甚至考虑迁都。后来，唐王朝与周边外族政权——不论其是否是唐王朝的保护国——先后发生过许多次战争，如与吐蕃、东西突厥、奚、契丹的多次战争，成了唐代边塞诗所反映的内容，许多诗人或从军边塞、参与军幕，或去边塞（如幽蓟一带）旅行，诗中有一定边塞生活的切身体验，也有的则是依据道听途说或间接资料，或只是翻用乐府旧题。然而无论何种途径，却使唐代边塞诗创作出现了万紫千红的繁荣局面。

　　唐代边塞诗在一些由隋入唐的诗人及初唐诗人的笔下便已较多出现。初唐四杰的骆宾王是较多写作边塞诗的作家。他有过数度从军的经历，高宗咸亨年间还从军塞上，从而写下较多反映军旅生活的边塞诗，如《边庭落日》《从军行》《早秋出塞》《在军中赠先还知己》《从军中行路难二首》《宿温城望军营》《在军登城楼》《晚度天山有怀京邑》《夕次蒲类津》《送郑少府入辽共赋侠客远从戎》，除了盛唐的少数边塞诗大家外，骆宾王的边塞诗是写得比较多，质量也算比较好的了，诗中不仅写到边塞风光，也写出从军将士生活的艰辛和不安定，如："云疑上苑叶，雪似御沟花""落雁低秋塞，惊凫起暝湾""风旗翻翼影，霜剑卷龙文""阴山苦雾埋高垒，交河孤月照连营""弓弦抱汉月，马足践胡尘""阵去金河冷，书归玉塞寒"……诗中还抒发了杀敌报国，建功立业的抱负和京国之思以及思乡怀归之意。其笔触所及，已大致能涵盖盛唐边塞诗鼎盛时期的多数领域，题材开阔，而且格调高亢。与此同时，初唐的其他著名作家如杨炯、沈佺期、陈子昂、郭元振、李峤、崔融、杜审言等均写下一些边塞诗作，诗人向往边塞的军旅生活，希望立功边塞、报效国家，如杨炯《从军行》："烽火照西京，心中自不平。

牙璋辞凤阙，铁骑绕龙城。雪暗凋旗画，风多杂鼓声。宁为百夫长，胜作一书生。"杜审言之《旅寓安南》则把殊方的气候、物产写得新颖别致："交趾殊风候，寒迟暖复催。仲冬山果熟，正月野花开。积雨生昏雾，轻霜下震雷。故乡逾万里，客思倍从来。"一些未必到过边塞的诗人也都纷纷仿效写作边塞诗，一时蔚为风气。

青海长云暗雪山，孤城遥望玉门关。黄沙百战穿金甲，不破楼兰终不还。

——王昌龄《从军行》

林暗草惊风，将军夜引弓。平明寻白羽，没在石棱中。

月黑雁飞高，单于夜遁逃。欲将轻骑逐，大雪满弓刀。

——卢纶《塞下曲》

第四辑

流云断

雁诺平沙，烟笼寒水，古垒鸣笳声断。

青山隐隐，败叶萧萧，天际暝鸦零乱。

楼上黄昏，片帆千里归程，年华将晚。

望碧云空暮，佳人何处？梦魂俱远。

巍巍高楼望不尽绵绵的乡愁

苏幕遮（碧云天）范仲淹

乡思、乡愁永远是诗人笔下不老的主题，远离故乡和亲人就会带来绵延不尽的思念，异地生活的不适，风俗习惯的差异，旅途的艰难困苦，都为诗人思乡的情绪提供了最好的酵母和发酵环境。即使如范仲淹这样宣称"不以物喜，不以己悲""先天下之忧而忧，后天下之乐而乐"的伟大人物，在羁旅途中也难免会生发出无限的感慨。

秋天到来的时候，天高云淡，碧空澄澈，落叶枯黄，萎积满地，寒凉浸透了河水，水面腾起一层薄雾。满山的黄叶映衬着夕阳，倒映在河水之中；已经干枯的野草，一直绵延到遥远的天边。完全是一幅肃杀悲凉的塞外秋景图。"夕阳"与"秋色"相映，暖去寒来、生气渐弱，最容易唤起人们的愁肠；"芳草"本来是没有感情的，但是稀疏的野草点缀在荒原上，却令人产生出无限的依恋。芳草延伸到斜阳之外遥远的地方，好像在芳草的尽头就是魂牵梦绕的家乡；野草枯萎了，明年还会变绿，而岁月的流逝，却让人一年年地老去，谁知道下一次春草萌发的时候，在外征战的人是否还能够看得见呢？诗人很好地将天、地、山、水通过斜阳、芳草组合在一起，景物从目之所及的地方一直延伸到想象中的天涯。短短的三句景物描写带有强烈的主观感情色彩，而根源所在就是一个"情"字。李贺有诗云"天若有情天亦老"，永恒的自然界与短暂的人生，引发人们深深的感慨。

塞上的秋景一片凄凉，不由得让征人的乡思更加缠绵，心绪也变得黯然起来，回忆起故旧和亲人，想一想未知的明天，漫漫长夜难以入眠，只要一合上眼睛，便会梦见与家人团聚的情景。夜半时分大梦方醒，更加感到格外的凄凉和痛苦。算了吧，算了吧，任它月色溶溶，楼高望远，还是不要登高纵目，观赏月色了吧；不如借酒消愁，来排遣这漫长孤寂的秋夜吧。只是借酒消愁愁更愁，醉意更深地触动着心中的离愁，化作点点相思之泪，幽幽地滴落在胸前。词的最后，写到因为夜不能寐，所以只能借酒浇愁，但酒入愁肠，却都化作了相思泪，欲遣相思反而徒增相思之苦。这两句，抒情深刻，造语生新而又

自然。写到这里，郁积的乡思旅愁在外物触发下发展到了最高潮，词至此黯然而止。游子的秋思意绪表现得淋漓尽致。

这首《苏幕遮》词，是范仲淹的名作。他当时被朝廷委派出任陕西四路宣抚使，主持防御西夏的军事。在边关的防务前线，当秋寒肃杀之际，将士们不禁思念起家乡的亲人，于是就有了这首借秋景来抒发怀抱的千古绝唱。

碧云天，黄叶地，秋色连波，波上寒烟翠。山映斜阳天接水，芳草无情，更在斜阳外。

黯乡魂，追旅思，夜夜除非，好梦留人睡。明月楼高休独倚，酒入愁肠，化作相思泪。

"黯"：黯然失色，指精神受到强烈的刺激而感到消沉悲切。

黯乡魂：用江淹《别赋》"黯然销魂"语。

追：追随，可引申为纠缠。

旅思：羁旅之思。"旅思（sì）"，即在外作客的惆怅。"思（sì）"，意念。"黯乡魂"与"追旅思"是下阕的中心，是一种心绪的两个方面：怀乡思亲，令人心魂不安；伤别念远，令人忧思怅惘。"黯乡魂"，是对内地的怀想；"追旅思"，是对边愁的体味。

白云满天，黄叶遍地。秋天的景色倒映在江上的碧波之中，水波之上笼罩着一层淡淡的寒烟更显出一片苍翠。远山沐浴着夕阳，天空连接着江水。芳草似乎是无情的，而思绪则早已飘到夕阳之外。

　　身处他乡黯然感伤，旅居异地的愁思时时席卷心头，每天夜里只有美梦才能伴人入睡。当明月朗照高楼的时候不能独自倚栏而坐。本想用酒来洗涤愁肠，可是却都化作了相思的眼泪。

文人自古多悲秋

　　自然界的秋天是一个百花凋零、众芳摇落的季节，自古以来，诗人骚客都喜欢把秋天描绘成一幅萧瑟、凄凉和悲哀的景象！在文学上，萧瑟肃杀的秋天可以视作具有隐喻意义的意象。它象征着一种繁华的消逝并预示着一个更加残酷的未来，这与中国古代知识分子普遍而深刻的失落心态有着某种自然的契合。

　　古典文学中的某些传统题材很能反映这种精神上的继承性。伤春悲秋是古典文学中表现得最多也最丰富的情感，而文人似乎更偏爱悲秋这种情绪。宋玉《九辩》中的"悲哉秋之为气也，萧瑟兮草木摇落而变衰"，使这种感伤情绪从一开始进入诗歌就带上了文人特有的忧患和失落情绪，在艺术上也呈现出惊人的早熟。奇怪的是，这种艺术上的早熟似乎并没有对后世文人的创作构成压力，他们不厌其烦地心摹手追，冒着蹈袭的危险一遍遍地抒写着宋玉式的悲凉。这种靡然风从的现象反映了中国古代知识分子一种共有的心态。

　　失落感是一个非常宽泛的概念，在不同的时代、不同的人身上触发这种失落感的因素是不同的。汉末文人在"回风动地起，秋草萋以绿"的萧瑟中哀叹岁月的流逝。唐代大诗人杜甫在"清秋幕府井梧寒，暮宿江城蜡炬残。永夜角声悲自语，中天月色好谁看"的秋夜里，感到的是"乾坤含创虞，忧痍何时毕""不眠忧战伐，无力正乾坤"的深重的负疚感。经历挫折却始终达观的苏东坡在秋夜的赤壁之下，在"山高月小，水落石出"的空明中，感受到无法排遣的孤独。更有多少怀着报国之志的英雄，在这个沙场点兵的时刻，因报国无门而抚剑沉吟。凡此种种都可以归结为一种理想与现实无法调和的深层矛盾。

汉代以后，知识分子都或多或少、或自觉或不自觉地接受儒家文化的熏陶。虽然儒家思想的入世色彩是极为强烈的，但是作为一种学术体系，在现实的残酷映照下仍然不失为温文尔雅，甚至是带有学者式天真的哲学思想。后世将儒家思想悬之于日月，但是在现实中却不可避免地要发生貌合神离的背叛。而中国古代的知识分子，他们对于人生理想的热烈追求几乎全部是建立在儒家的信条之上的，因而他们的人生哲学总与现实不相协调，从而也就不可能完全实现。他们常常是一相情愿地

为人欢乐替人愁，因而也就难免会被对方的冷淡弄得不知所措。理想的失落触发了他们对许多事物的怀疑和伤感，而这种伤感又会渗透到许多事件、许多细节中去。悲秋情绪尽管有点剪不断、理还乱，但追本溯源，总可以归结到上述这种理想面对现实时的失落。

从历史的角度看，悲秋情结虽然在一定程度上是词人生活的时代与个人经历的统一，但它从根本上还是人的自然性与对象世界的自然性相互作用的结果。具体地说，往往就是一个处于秋季的独特主体与处于秋季的诸多自然存在之间的感应，是天人合一的表现。

人有悲，人可以咏其悲；历史的盛衰兴亡不断循环也有悲。悲是人的基本情感之一，秋是自然界的基本季节之一，亡是历史循环的基本阶段之一，三者在功能上是交集的、互感的。人之所以能伤情、诉情、融情于历史的兴亡和自然的春秋，在于天人合一的文化基础，天人合一的文化理念。秋与人生、历史的统一，使古代文人坎坷不遇的命运与自然、历史、社会交织在一起。在古代文化心态中以秋为悲的思维定势，不仅以建功

立业为实现生命价值、追求生命永恒的重要内容，而且包含着自觉承担社会责任忧时患世的思想。悲秋文学中的生命意识既具有"人生一世，草木一秋"人生短暂的生命觉悟，亦是"唯草木之零落兮，恐美人之迟暮"。

秋天作为一种文学意象似乎也更适合传达道家的自然之旨和禅理中的空谈意境。它刊落五彩，洗尽繁华，已经作为一种哲学象征进入文学的表现领域，成为特定的精神载体。秋，丰收的季节，萧瑟的季节，也是给予文人最多灵感、寄寓文人最多感情的季节。

昔我往矣，杨柳依依；今我来思，雨雪霏霏。

——《诗经·小雅·采薇》

离恨恰如春草，更行更远还生。

——李煜《清平乐》

独在异乡为异客，每逢佳节倍思亲。

——王维《九月九忆山东兄弟》

床前明月光，疑是地上霜。举头望明月，低头思故乡。

——李白《静夜思》

玉殒香未消

卜算子（驿外断桥边）陆游

　　南宋著名诗人陆游一生酷爱梅花，写有大量歌咏梅花的诗，歌颂梅花傲霜雪，凌寒风，不畏强暴、不羡富贵的高贵品格。陆游诗中所塑造的梅花形象，有诗人自身的影子，正如他的《梅花绝句》里写的：“何方可化身千亿，一树梅花一放翁。”这首《卜算子》，也是明写梅花，暗写怀抱。其特点是着重写梅花的精神，而不是单纯从外表形态上去描写。这首《卜算子》以“咏梅”为题，这正和独爱莲之“出淤泥而不染，濯清涟而不妖”的周敦颐以莲花自喻一样，词人亦是以梅花自喻。陆游曾经称赞梅花“雪虐风饕愈凛然，花中气节最高坚”（《落梅》）。梅花如此清幽绝俗，出于众花之上，可是如今竟开在郊野的驿站外，破败不堪的“断桥”边，自然是人迹罕至、寂寥荒寒，梅花备受冷落也就不足为奇了。从这一句可以知道它既不是官府中的梅，也不是名园中的梅，而是一株生长在荒僻郊外的“野梅”。它既得不到应有的护理，更谈不上会有人来欣

赏。随着四季的代谢，它默默地开放，又默默地凋落。它孑然一身，四顾茫然——有谁会在意它呢。"寂寞开无主"这一句，词人将自己的感情倾注在客观的景物之中，首句是景语，这句已是情语了。

　　黄昏日落，暮色苍茫，这独立郊外、无人问津的梅花，何以能够承受这凄凉呢？它只有"愁"——而且是"独自愁"，这与上句的"寂寞"相呼应。驿外断桥、暮色、黄昏，本已寂寞愁苦不堪，却又更添凄风冷雨，孤苦之情也就更深一层。"更著"这两个字力重千钧，前三句似是将梅花困苦的处境描写已尽，但第二句"更著风和雨"犹如一记重锤将前面的"极限"打得粉碎。这种愁苦仿佛无人能够承受，至此感情的渲染已达到高潮，然而尽管环境是如此的冷峻，它还是"开"了！它，"万树寒无色，南枝独有花"（道源）；它，"万花敢向雪中出，一树独先天下春"（杨维桢）。上阕四句，都是在描写梅花处境的恶劣，但是只一个"开"字，梅花的倔强、顽强就已不言自明。

　　春天，百花怒放，争奇斗艳，而梅花却不去"苦争春"，凌寒先发，只有迎春报春的赤诚。梅花并非有意相争，即使"群芳"有嫉妒的心思，那也是它们自己的事情，就让它们去嫉妒吧。在这里，写物与写人，完全交织在了一起。草木无情，花开花落，是自然现象。其中却暗含着词人的不幸遭遇，同时也对那些苟且偷安者的无耻行径进行了揭露和抨击。说"争春"，是暗喻人事，因为"妒"是草木所不能有的。这两句表现出陆游性格的孤高，决不与争宠邀媚、阿谀逢迎之徒为伍的品格和不畏谗毁、坚贞自守的峥嵘傲骨。

最后几句，把梅花的"独标高格"，又推进了一层："零落成泥碾作尘，只有香如故。"前句承上阕的寂寞无主、黄昏日落、风雨交侵等凄惨的境遇。这句七个字却有四次顿挫，梅花不堪雨骤风狂的摧残，纷纷凋落了。落花委地，与泥水混杂，难以分辨何者是花，何者是泥。从"碾"字，显示出摧残者的无情，被摧残者的凄惨境遇，这是第三层。结果呢，梅花被摧残、被践踏而化作了灰尘。梅花的命运是如此悲惨，简直不堪入目令人不敢去想象。读者已经融入了词作所透露出的情感之中。但是词人的目的绝不是仅仅为了写梅花的悲惨遭遇，引起人们的同情，这些仍然只是铺垫，是蓄势，是为了把下句的词意推上最高峰。虽说梅花凋落了，被践踏成泥土了，被碾成尘灰了，但它依然香如故，仍然不屈服于寂寞无主、风雨交侵的处境，只是尽自己所能，一丝一毫也不会改变。

　　驿外断桥边，寂寞开无主。已是黄昏独自愁，更着风和雨。
　　无意苦争春，一任群芳妒。零落成泥碾作尘，只有香如故。

驿：驿站。
更着：又加上。

一任：任凭，不在乎。

群芳：普通的花卉，此处喻指政界中的群小。

碾：轧碎。

驿站外的断桥边，一株梅花寂寞地开放。已是黄昏时刻，它独自愁思，还有风雨摧残。它的花开在百花竞放之前，并非是有意苦苦地争夺报告春光到来的消息，听凭着群芳心生嫉妒。即使零落成泥，清香却依然如故。

诗人笔下的梅花

古往今来咏花的诗词歌赋，以梅为题材的最多，或者是赞叹梅花风韵独胜，或者是赞叹梅花神形俱清，或者是赞叹梅花标格秀雅，或者是赞叹梅花节操凝重。南朝宋人陆凯在《赠范晔》诗中，以梅花作为传达友情的信物，别具一格："折梅逢驿使，寄与陇头人。江南无所有，聊赠一枝春。"唐人的咏梅诗，除了写闺怨、传友情、寄托身世之外，出现了虽以模拟物象为主，但却含有美好意蕴的佳作。咏梅的作品到了宋代以后，借梅传友情抒闺怨的逐渐

减少，而写梅花意象之美，赞梅花标格之贞的则日渐增多。

宋人喜欢梅花蔚然成风，并且为后世留下了不少植梅、赏梅、画梅、写梅的趣闻佳话。众所周知的有那位卜居西湖的林和靖处士，他的一联"疏影横斜水清浅，暗香浮动月黄昏"，有如石破天惊，为两宋以来的诗坛所倾倒，成了遗响千古的梅花绝唱，以至于"疏影""暗香"二词还成了后人填写梅词的调名。南宋诗人王十朋甚至断言："暗香和月入佳句，压尽千古无诗才。"何以反响如此之大呢？盖因以"疏影""暗香"写梅，形神兼备，曲尽梅之风姿；又以水、月陪衬，更能凸显梅花耐孤寂寒冷，不趋时附势的高贵品格。"何方可化身千亿，一树梅花一放翁。"陆游的这句名诗，可视为宋人爱梅心态的生动写照。在这股强大的热潮推动下，宋代的诗人词客大多有多首梅花诗词存世。如陈亮有梅词9首，苏轼有梅诗五十余首，更有那位堪称"咏梅专业户"的张道洽，一生写梅诗三百多首，且"篇有意，句有韵"（元代诗人方回赞语），被传为咏梅史上的佳话。据载，南宋初有个叫黄大舆的，搜集诸咏家梅词四百多阕，辑为《梅苑》词集，可见当时文人咏梅风气之盛。而建炎以后，词家填写的梅词就更多了。

咏家蜂起，名流加盟，诗词并茂，量多质好，可以视为两宋咏梅热中的一大亮点。从更深的层次看，一种时代风尚的形成，总是有其社会根源的。唐代人喜欢牡丹，而宋代人则偏爱梅花，

看似只是时尚的差异，其实所折射出来的是唐代的辉煌与宋代的贫弱。盛唐时期的中国，经济繁荣，文化昌盛，国富民安，因此象征着华美富贵的牡丹便走进了人们的审美视野，从而催生出"唯有牡丹真国色，花开时节动京城"（刘禹锡诗句）的时尚盛况来。与唐代相比，宋代是一个积贫积弱的王朝，开国伊始就处在外强的凌辱之下，南迁以后，更是江河日下，风雨飘摇。于是，长期生活在内忧外患的环境中，内心敏感脆弱的文化人，便对坚贞不屈、孤傲自洁的梅花产生了日趋浓烈的钦佩感，把它视为抒怀咏志的最佳对象。如果说生活在南宋中前期的陆游、陈亮、辛弃疾等人，他们以梅花的标格来比拟自己，意在表现抗金图存的爱国之志的话；那么到了南宋末年在宋亡已成定局的情势下，很多正直文人的咏梅之作，则是在表达他们学习梅花洁身自好，宁可当亡宋遗民也不愿意委身事元的悲苦无奈的心态。正因为有这样动荡变化的社会背景，宋代文人才生发出了化不开的梅花情结。

　　我家洗砚池头树，朵朵花开淡墨痕。不要人夸好颜色，只留清气满乾坤。

——王冕《墨梅》

　　墙角数枝梅，凌寒独自开。遥知不是雪，为有暗香来。

——王安石《梅花》

似曾相识燕归来

双双燕（过春社了）史达祖

这首《双双燕》，描绘了燕子的生动形象，神形兼备，在咏燕中又融入闺怨之情，是宋代咏物词的名篇之一。本词的妙处有三：一是观察细致。"飘然"两句写燕子飞行觅食冲出去的景象。"拂"字将其速度之快和轻盈的情态尽显无遗。"欲住"二字，写燕子要寻筑新巢，却又有点生怯的神情，确是妙笔。二是神形毕备。咏物最难是传神。本词中的双燕则是有神采、有感情的。"还相"两句，把双燕温柔多情商量选巢的情景刻画得出神入化，其他动作中也渗透着喜悦欢快的情感。三是前后呼应。咏燕中流露出惜春伤春的意绪，上阕的"度帘"二句为伏笔，下阕"愁损"二句则与之遥相呼应。"去年尘冷"指去年秋天到今年春天这段时间里冷冷清清，连梁上的灰尘也无人打扫。为何如此呢？而后这一切又完全来自于思妇的眼睛。她埋怨燕子只顾自己快活的玩耍，却不为自己带回情书，情人在何方？她怎能不思念、不伤感？全词至此戛然而止，余味无穷。

　　这首词饱含着词人的感情，词的上阕写燕子春社回归，重返旧巢的欢愉之情。下阕则写燕儿衔泥补巢，快活玩耍的情形，更以双燕的快乐团圆反衬闺妇的孤独寂寞。不以燕子而以人来结束全词是出人意料的笔法。一首咏物词写得如此生动而有思致，实在是难得的佳作。王士祯在《花草蒙恰》中说："仆每读史邦聊'咏燕'词，以为咏物至此，人巧极天工矣。"

　　此词名为咏燕却通篇不见"燕"字，而句句写燕，极妍尽态，神形毕肖。而又不觉繁复。"过春社了""春社"在春分前后，正是春暖花开的季节，相传燕子这时候由南方北归，词人只点明节候，让读者自然联想到燕子归来了。此处妙在暗示，有未雨绸缪的朦胧，既节省了笔墨，又使诗意含蓄蕴藉，调动读者的想象力。"度帘幕中间"，进一步暗示燕子的回归。"去年尘冷"暗示出是旧燕重归及新变化。在大自然一派美好春光里，北归的燕子飞入旧家帘幕，红楼华屋、雕梁藻井依旧，所不同的是空屋无人，满目尘封，不免使燕子都感到有些冷落凄清。怎么会有这种变化呢？

　　"差池欲住"四句，写双燕想住而又犹豫的情景。由于燕子离开旧巢有些日子了，"去年尘冷"，好像有些变化，所以要先在帘幕之间"穿"来"度"去，仔细看一看似曾相识的环境。燕子毕竟恋旧巢，于是"差池欲住，试入旧巢相并"。因"欲住"而"试入"，犹豫未决，所以还把"雕梁藻井"仔细审视一番，又"软语商量不定"。小小情事，写得细腻而曲折，像是小两口居家度日，颇有情趣。沈际飞评这几句词说："'欲'字、

'试'字、'还'字、'又'字入妙。"(《草堂诗馀正集》)妙就妙在这四个虚字一层又一层地把双燕的心理感情变化栩栩如生地传达出来。"软语商量不定",形容燕语呢喃,传神入妙。

"商量不定",写出了双燕你一言、我一语,亲昵商量的情状。"软语",其声音之轻细柔和、温情脉脉的生动形象,把双燕描绘得就像是一对充满柔情蜜意的情侣。人们常用燕子双宿双飞,比喻夫妻,这种描写是很切合燕侣的特点的。果然,"商量"的结果,这对燕侣决定在这里定居下来了。于是,它们"飘然快拂花梢,翠尾分开红影",在美好的春光中开始了繁忙紧张快活的新生活。"芳径,芹泥雨润",紫燕常用芹泥来筑巢,正因为这里风调雨顺,芹泥也特别湿润,真是安家立业的好地方啊,燕子得其所哉,双双从天空中直冲下来,贴近地面飞着,你追我赶,好像比赛着谁飞得更轻盈漂亮。

"红楼归晚,看足柳昏花暝",春光多美,而它们的生活又多么快乐、自由、美满。傍晚归来,双栖双息,其乐无穷。可是,这一高兴啊,"便忘了、天涯芳信"。在双燕回归前,一位天涯游子曾托它俩给家人捎一封书信回来,它们全给忘记了!这天外飞来的一笔,出人意料。随着这一转折,便出现了红楼思妇倚栏眺望的画面:"愁损翠黛双蛾,日日画阑独凭"。由于双燕的疏忽害得等待书信的人愁损盼望。

这结尾的两句,似乎离开了通篇所咏的燕子,转而去写红楼思妇了。看似离题,其实不然,这正是词人匠心独到之处。试想词人为什么花了那么多的笔墨,描写燕子徘徊旧巢,欲住还休？对燕子来说，是有感于"去年尘冷"的新变化，实际上这是暗示人去境清，深闺寂寥的人事变化，只是一直没有道破。到了最后，将意思推开一层，融入闺情更有余韵。

原来词人描写这双双燕，是意在言先地放在红楼清冷、思妇伤春的环境中来写的，他是用双双燕子形影不离的美满生活，暗暗与思妇"画阑独凭"的寂寞生活相对照；接着他又极写双双燕子尽情游赏大自然的美好风光，暗暗与思妇"愁损翠黛双蛾"的命运相对照。显然，词人对燕子那种自由、愉快、美满的生活的描写，是隐含着某种人生的感慨与寄托的。这种写法，打破了宋词题材结构以写人为主体的常规，而以写燕为主，写人为宾；写红楼思妇的愁苦，只是为了反衬双燕的美满生活，给人以耳目一新之感。读者自会从燕的幸福想到人的悲剧，不过词人有意留给读者自己去体会罢了。这种写法，因多一层曲折而饶有韵味，因而能更含蓄、

更深沉地反映人生，可谓别出心裁。

过春社了，度帘幕中间，去年尘冷。差池欲住，试入旧巢相并。还相雕梁藻井，又软语商量不定。飘然快拂花梢，翠尾分开红影。

芳径，芹泥雨润。爱贴地争飞，竞夸轻俊。红楼归晚，看足柳昏花暝。应自栖香正稳，便忘了、天涯芳信。愁损翠黛双蛾，日日画阑独凭。

春社：春分前后祭社神的日子叫春社。

度：飞过。

尘冷：指旧巢冷落，布满尘灰。

差（cī）池：指燕子羽毛长短不齐。

相：细看。

藻井：天花板。

红影：指花影。

芳径：花草芳芬的小径。

芹泥：燕子所衔之泥。

"应自"句：该当睡得香甜安稳。

自：一作"是"。

天涯芳信：指出外的人给家中妻子的信。

翠黛：画眉所用的青绿之色。

双蛾：双眉。

春社已经过了，燕子上下穿飞在楼阁的帘幕中间，屋梁上落满了旧年的灰尘，冷冷清清。双燕的尾巴轻轻扇动，欲飞又止，试着要钻进旧巢双栖并宿。它们又想飞到房顶上的雕梁和藻井，要选一个新的地点构筑新的巢。它们软语呢喃地商量着。飘飘然轻快地掠过花梢，如同剪刀一样的翠尾分开了花影。小径间芳香弥漫，春雨滋润的芹泥又柔又软。燕子喜欢贴地争飞，显示自身的灵巧轻便。回到红楼时天色已晚，亦把柳暗花明的美景尽情赏玩。回到新巢中，相依相偎睡得香甜，以致都忘了把天涯游子的芳信传递。使得佳人终日愁眉不展，天天独自凭着栏杆。

古诗词中〝燕子〞意象

燕属候鸟，随季节变化而迁徙，喜欢成双成对，出入在人家屋内或屋檐下。因此为古人所青睐，经常出现在古诗词中，或惜春伤秋、或渲染离愁、或寄托相思、或感伤时事，意象之盛，表情之丰，非其他物类所能及。

古人的文学作品中描写燕子的形象不外乎三种情况，一是表现春光的美好，传达惜春之情。相传燕子于春天社日北来，秋天社日南归，因此很多诗人都把它当做春天的象征加以美化和歌颂。如"冥冥花正开，飏飏燕新乳"（韦应物《长安遇冯著》），"燕子来时新社，梨花落后清明"（晏殊《破阵子》），"莺莺燕燕春春，花花柳柳真真，事事丰丰韵韵"（乔吉《天净沙·即事》），"鸟啼芳树丫，燕衔黄柳花"（张可久《凭栏人·暮春即事》），南宋词人史达祖更是以燕为词，在《双双燕·咏燕》中写道："还相雕梁藻井，又软语商量不定。飘然快拂花梢，翠尾分开红影。"极妍尽态，形神俱备。春天明媚灿烂，燕子娇小可爱，加上文人的多愁善感，春天逝去，诗人自然会伤感无限，因此欧阳修有"笙歌散尽游人去，始觉春空。垂下帘栊，双燕归来细雨中"（《采桑子》）的慨叹，乔吉有"燕藏春衔向谁家，莺老羞寻伴，风寒懒报衙（采蜜），啼煞饥鸦"（《水仙子》）的凄惶。

　　其次文人描写燕子是表现爱情的美好，传达思念情人的心情之切。燕子素以雌雄颉颃，飞则相随，以此而成为爱情的象征，"思为双飞燕，衔泥巢君屋""燕尔新婚，如兄如弟"（《诗经·谷风》），"燕燕于飞，差池其羽，之子于归，远送于野"（《诗经·燕燕》），正是因为燕子的这种成双成对，才引起了有情人寄情于燕、渴望比翼双飞的想法。才有了"暗牖悬蛛网，空梁落燕泥"（薛道衡《昔昔盐》）的空闺寂寞，有了"落花人独立，微雨燕双飞"（晏几道《临江仙》）的惆怅嫉妒，有了"罗幕轻寒，燕子双飞去"（晏殊《蝶恋花》）的孤苦凄冷，有了"月儿初上鹅黄柳，燕子先归翡翠楼"（周德清《喜春来》）的失意冷落，有了"花开望远行，玉减伤春事，东风草堂飞燕子"（张可久《清江引》）的留恋企盼。凡此种种，不一而足。

　　描写燕子的第三种情况是表现时事变迁，抒发昔盛今衰、人事代谢、亡国破家的感慨和悲愤。燕子秋去春回，不忘旧巢，诗人抓住了这个特点，尽情宣泄心中的愤慨，最著名的当属刘禹锡的《乌衣巷》："朱雀桥边野草花，乌衣巷口夕阳斜。旧时王谢堂前燕，飞入寻常百姓家。"另外还有晏殊的"无可奈何花落去，似曾相识燕归来，小园香径独徘徊"（《浣溪沙》），李好古的"燕子归来衔绣幕，旧巢无觅处"（《谒金门·怀故居》），姜夔的"燕雁无心，太湖西畔随云去。数峰清苦。商略黄昏雨"（《点绛唇》），张炎的"当年燕子知何处？但苔深韦曲，草暗斜川"（《高阳台》），文天祥的"山河风景元无异，城郭人民半已非。满地芦花伴我老，旧家燕子傍谁飞"（《金陵驿》）。燕子无心，却见证了时事的变迁，承受了国破家亡的苦难，表现了诗人的"黍离"之悲，负载可谓重矣。

在文人笔下，燕子还能够代人传书，幽诉离情之苦。唐代郭绍兰于燕足系诗传给其夫任宗。任宗离家行贾湖中，数年不归，绍兰作诗系于燕足。时任宗在荆州，燕忽泊其肩，见足系书，解视之，乃妻所寄，感泣而归。其《寄夫》诗云："我婿去重湖，临窗泣血书，殷勤凭燕翼，寄于薄情夫。"谁说"梁间燕子太无情"（曹雪芹《红楼梦》），正是因为燕子的有情才

促成了丈夫的回心转意，夫妻相会。郭绍兰是幸运的，一些不幸的妇人借燕传书，却是石沉大海，音信皆无，如"伤心燕足留红线，恼人鸾影闲团扇"（张可久《塞鸿秋·春情》），"泪眼倚楼频独语，双燕来时，陌上相逢否"（冯延巳《鹊踏枝》），其悲情之苦，思情之切，让人为之动容，继而潸然泪下。

燕子还时常被文人拿来表现羁旅情愁，状写漂泊流浪之苦。"整体、直觉、取向比类是汉民族的主导思维方式"（张岱年《中国思维偏向》），花鸟虫鱼，无不入文人笔下，飞禽走兽，莫不显诗人才情。雁啼悲秋、猿鸣沾裳、鱼传尺素、蝉寄高远，燕子的栖息不定留给了诗人丰富的想象空间，或漂泊流浪，"年年，如社燕，飘流瀚海，来寄修橼"（周邦彦《满庭芳》）；或身世浮沉，"望长安，前程渺渺鬓斑斑，南来北往随征燕，行路艰难"（张可久《殿前欢》）；或相见又别，"有如社燕与飞鸿，相逢未稳还相送"（苏轼《送陈睦知潭州》）；或时时相隔，"磁石上飞，云母来水，土龙致雨，燕雁代飞"（刘安《淮南子》）。燕子，已不仅仅再是燕子，它已经成为中华民族传统文化的象征，融入到每一个炎黄子孙的血液中。

双飞燕子几时回，夹岸桃花蘸水开。

——徐俯《春游湖》

几处早莺争暖树，谁家新燕啄春泥。

——白居易《钱塘湖春行》

年华已逝，泪眼当楼

苏武慢（雁落平沙）蔡伸

　　蔡伸的一首《苏武慢》写羁旅伤别，而从荒秋暮景说起。前三句说的是雁阵掠过，飞落沙滩；秋水生寒，烟霭笼在水上。古垒上，胡笳悲鸣，渐渐地，连这呜咽之声也沉寂了。蔡词中不说"鸣笳声起"，而说"鸣笳声断"，这么描写更写出了环境的冷寂荒凉。开端数句，为全词定下了凄凉的基调。从"古垒鸣笳"中，我们可以感受出动乱年代的气息（词人是北宋末南宋初人）。这种气息，为下文所写的伤离怨别提供了特殊背景，同时也更增添了悲怆意味。接着，在对荒凉山水的描写中，词人进一步增添了感情的成分。山色有无，暗示着归途遥远，这句词化用杜牧"青山隐隐水迢迢"诗意；黄叶萧萧，顿觉秋思难以排解，第五句与末句"凭仗西风，吹干泪眼"前后呼应。天边的夕阳余晖，映照着点点寒鸦纷纷乱乱，飞归林中。以上数句，萧瑟的秋景中寄寓着客况凄凉、乡思暗生之意，读之令人顿生萧瑟寂寥之感。至"楼上黄昏"四字，词人才点出残照当楼之时，楼上凝神眺望之人。这表明上边所写整个秋日暮景

都是映在这人眼中的景象，染上了人的感情色彩。"黄昏"二字，有黯然神伤的意味，也就是所谓"断送一生憔悴，只消几个黄昏！"（赵令畤《清平乐》）而这时收入眼底的，偏偏又是"片帆千里归程"。从落雁、昏鸦，写到归舟，思归的主旨更加明显了。时值暮秋，"年华将晚"，人们都离开这荒凉的地方，驾舟归去；而自己呢，至今欲归未得。"年华将晚"，这四字之中蕴涵悲老大、伤迟暮之意。前有"青山隐隐"，这里又加上"片帆千里归程"，境界辽阔，把人的思绪引向远方。而"片帆"之小与"千里"之遥对比，更显示出此地的荒远和思归心切。"年华将晚"，则加深了思归的紧迫感。"望碧云空暮，佳人何处？梦魂俱远"三句，化用江淹诗"日暮碧云合，佳人殊未来"，融合无间，犹如灭去针线痕迹，有妙手偶得之感。《楚辞》："与佳期佳兮夕张"，傍晚，应该是有情人相会之时，然而，暮云已合，伊人何在？"梦魂俱远"，更透过一层，使人感到，关隘山峦阻隔，云水迢迢，即使是在梦中也难相会，这就把思归的主题进一步具体化了。下阕转入对"旧游"的回忆。"邃馆朱扉""小园香径""桃花人面"，这是脑海中浮现的几个难忘的特写镜头，其中弥漫着温馨的气氛，也暗含着对方的身份和词人生活的往事。春光美好，桃花明亮，人面生辉，那记忆中的美好时光，与眼前的秋风败叶、古垒哀笳的萧索环境，成了鲜明的对比。失去的，常常愈觉可贵，尤其是在孤独苦闷之时。在自己已觉难耐，更何况对方——久别后的弱女子呢？下文紧接"尚想桃花人面"，句断意不断，从对方着笔，写女方对自己的思念。"锦轴""金徽""寸心幽怨"，这纤细笔触，皆从女方着笔。锦轴，化用苏蕙回文诗典故。金徽，以琴面标志音位的徽代指琴。这锦中字，琴中音，总道不出别恨。而"寸心"虽小，其中幽怨竟非盈轴之书与满琴之恨所能言尽，相思之苦可以想见。下文拉回到眼前，并归结到双方合写。书、琴皆难排解忧愁，那么这"两地离愁"，只有用"一尊芳酒"去解。然而离愁何其重，尊酒何其轻，岂能解得？二者对比，造成反衬的效果，更显出离愁之深。在消愁愁更愁之时，词人只有丢下酒杯，无限凄凉地独倚危栏，徘徊楼头。归也不能归，住又以何处住？愁肠百转，不禁潸然泪下。"凭仗西风，吹干泪眼"八字，酸楚之极。"吹干泪眼"，足见独立之久；"凭仗西风"，只因为无人慰藉，只有西风为之拭泪。辛弃疾词云："倩何人唤取、红巾翠袖，揾英雄泪！"（《水龙吟》）而他则是自家流泪自家拭，甚至连自己也不想去拭，一直等到被清冷的西风吹干。读之使人更感悲矣！此词抒情真切，铺叙委婉，颇有柳词风味。且本词开头就与柳词"登孤垒荒凉，危亭旷望，静临烟渚"（《竹马子》）相似。全词由凄凉转为缠绵、悲婉，紧接着又转入悲怆，以变徵之音收结，留下了那个纷乱时代的痕

迹，这一点又与柳词有异。一结未经人道，独辟蹊径，可谓是
"伤心人别有怀抱"，顿使全词生色。唯朱敦儒句"试倩悲风吹
泪过扬州"（《相见欢》），仿佛有相似之处。

　　雁落平沙，烟笼寒水，古垒鸣笳声断。青山隐隐，
败叶萧萧，天际暝鸦零乱。楼上黄昏，片帆千里归程，
年华将晚。望碧云空暮，佳人何处？梦魂俱远。
　　忆旧游，邃馆朱扉，小园香径，尚想桃花人面。
书盈锦轴，恨满金徽，难写寸心幽怨。两地离愁，一
尊芳酒，凄凉危栏倚遍。尽迟留，凭仗西风，吹干
泪眼。

烟笼寒水：杜牧《泊秦淮》诗："烟笼寒水月笼沙。"
邃馆：深院。
桃花人面：用唐诗人崔护诗"人面不知何处去，桃花依旧笑春
风"句意。
书盈锦轴：用苏蕙织锦回文诗事。见柳永《曲玉管》注。
金徽：金饰的琴徽。徽，系弦之绳。此处代指琴。

　　大雁落在平坦的沙滩，寒江上烟雾一片。古垒中，一声声
胡笳远远飘来。青山朦胧，落叶萧萧，暮色苍茫的天际，几处
昏鸦在纷飞。楼头之上黄昏之时，看见一片片云彩，船儿尚有
千里途程，时间却越来越晚。空垒上碧云遮掩，佳人啊，此时

你在哪边？我的梦中都与你相距遥远。回忆我们过去相聚时的欢乐，在那朱红色的楼馆中，小园香径上百花开放，我始终难以忘怀你那桃花般美丽的容颜。我知道你也在深深地思念着我。你在织锦上写满了回文式的情书，将幽怨付于琴弦，但也无法诉尽内心的伤感。我们分处两地，同时愁思绵绵。酒并无法消愁。我又独自来到楼上，扶着那高高的栏杆，任凭那无情的秋风，将我一双泪眼吹干。

蔡文姬与胡笳十八拍

蔡文姬名琰，字文姬，又字明姬，她的父亲是大名鼎鼎的东汉大儒蔡邕。蔡邕就是蔡伯喈，有一出《琵琶记》的唱词，说的是蔡伯喈中状元后，不认发妻赵五娘，别娶丞相之女，其实是后人的诬蔑。东汉时根本没有状元，蔡邕别娶丞相之女这回事也就是无稽之谈了。对此南宋陆游曾感叹说："身后是非谁管得，隔村听唱蔡中郎。"

蔡邕不可能中状元，但他的才学在当时却是举世公认的。汉灵帝时，他校书东观，以经籍多有谬误，于是为之订正并书写镌刻在石碑上，立在太学门外，当时的后生学子都依此石经校正经书，每日观览摹写的不绝于途。这些石碑在洛阳大火中受到损坏，经过一千八百多年，洛阳郊区的农民在犁田时掘得几块上面有字迹的石块，经人鉴定就是当年蔡邕的手书，称为"熹平石经"，现在珍藏在历史博物馆中。

蔡邕是大文学家，也是大书法家，梁武帝称赞他："蔡邕书，骨气洞达，爽爽如有神力。"当代史学家范文澜讲："两汉写字艺术，到蔡邕写石经达到最高境界。"他的字整饬而不刻板，静穆而有生气。除《熹平石经》外，据传《曹娥碑》也是他写的，章法自然，笔力劲健，结字跌宕有致，无求妍美之意，而具古朴天真之趣。

此外，蔡邕还精于天文数理，妙解音律，在洛阳俨然是文坛的领袖，像杨赐、玉灿、马月碑以及后来文武兼资，终成一代雄霸之主的曹操都经常出入蔡府，向蔡邕请教。

蔡文姬生在这样的家庭，自小耳濡目染，既博学能文，又善诗赋，兼长辩才与音律就是十分自然的了，可以说蔡文姬有一个幸福的童年，可惜时局的变化，打断了这种幸福。

东汉政府的腐败，终于酿成了黄巾军大起义，使以豪强地主为代表的地方势力迅速扩大。大将军何进被宦官十常侍杀死后，董卓进军洛阳尽诛十常侍，把持朝政，董卓为巩固自己的统治，刻意笼络名满京华的蔡邕，将他一日连升三级，三日周历三台，拜中郎将，后来甚至还封他为高阳侯。董卓在朝中的倒行逆施，招致各地方势力的联合反对，董卓火烧洛

阳，迁都长安，后来董卓被吕布所杀。蔡邕也被收付廷尉治罪，蔡邕请求黥首刖足，以完成《汉史》，士大夫也多矜惜而救他，马月碑更说："伯喈旷世逸才，诛之乃失人望乎？"但终免不了一死，徒然地给人留下许多议论的话题，说他"文同三闾，孝齐参骞"。在文学方面把他比作屈原，在孝德方面把他比作曾参和闵子骞，当然讲坏话的也不少。

董卓死后，他的部将又攻占长安，军阀混战的局面终于形成。羌胡番兵乘机掳掠中原一带，在"中土人脆弱、来兵皆胡羌，纵猎围城邑，所向悉破亡。马边悬男头，马后载妇女，长驱入朔漠，回路险且阻"的状况下，蔡文姬与许多被掳来的妇女，一齐被带到南匈奴。

这心境是可以想象的，当初细君与解忧嫁给乌孙国王，王昭君嫁给呼韩邪，总算是风风光光的，但由于是远嫁异域，产生出无限的凄凉，何况蔡文姬还是被掳掠的呢！饱受番兵的凌辱和鞭笞，一步一步走向渺茫不可知的未来，这年她二十三岁，这一去就是十二年。

　　在这十二年中，她嫁给了虎背熊腰的匈奴左贤王，饱尝了异族异乡异俗生活的痛苦。当然她也为左贤王生下两个儿子，大的叫阿迪拐，小的叫阿眉拐。她还学会了吹奏"胡笳"，学会了一些异族的语言。

　　在这十二年中，曹操也由无名之辈渐成一代枭雄，而且已经基本扫平北方群雄，把汉献帝由长安迎到许昌，后来又迁到洛阳。曹操当上宰相，挟天子以令诸侯。人一旦在能喘一口气的时侯，就能想到过去的种种，尤其是在志得意满的时候，在这回忆中，想到少年时代的老师蔡邕对他的教导，想到老师没有儿子，只有一个女儿。当他得知这个当年的女孩被掳到了南匈奴时，他立即派周近做使者，携带黄金千两、白璧一双，要把她赎回来。

　　蔡文姬多年被掳掠是痛苦的，现在一旦要结束十二年的膻肉酪浆生活，离开对自己恩爱有加的左贤王和两个天真无邪的儿子，说不清是悲是喜，只觉得柔肠寸断，泪如雨下，在汉使的催促下，她在恍惚中登车而去，在车轮辚辚的转动中，十二

年的生活，点点滴滴注入心头，从而留下了动人心魄的"胡笳十八拍"。

南匈奴人在蔡文姬去后，每当月明之夜都会卷芦叶而吹笳，发出哀怨的声音，模仿蔡文姬的"胡笳十八拍"，成为当地经久不衰的曲调。中原人士也以胡琴和筝来弹奏《胡笳十八拍》，据传中原的这种风尚还是从她最后一个丈夫董祀开始的。

> 蔡女昔造胡笳声，一弹一十有八拍；
> 胡人落泪沾边草，汉使断肠对归客。

唐朝人李顾由她的遭遇发出这样的感慨。

蔡文姬是悲苦的，"回归故土"与"母子团聚"都是美好的，人人应该享有的，而她却不能两全。

蔡文姬在周近的护卫下回到故乡陈留郡，但断壁残垣，已无栖身之所，在曹操的安排下，蔡文姬嫁给了田校尉董祀，这年她三十五岁。也正是这一年——公元208年，爆发了著名的"赤壁之战"。

坎坷的命运似乎紧跟着这个可怜的孤女。就在她婚后的第二年，她的依靠，她的丈夫又犯罪当死，她顾不得嫌隙，蓬首跣足地来到曹操的丞相府为丈夫求情。

曹操正在大宴宾客，公卿大夫，各路驿使欢聚一堂，曹操听说蔡文姬求见，对在座的说："蔡伯喈之女在外，诸君谅皆风闻她的才名，今为诸君见之！"

蔡文姬走上堂来，跪下来，语意哀酸地讲清来由，在座宾客都交相诧叹不已，曹操说道："事情确实值得同情，但文状已去，为之奈何？"蔡文姬恳求道："明公厩马万匹，虎士成林，何惜疾足一骑，而不济垂死一命乎？"说罢又是叩头。曹操念及昔日与蔡邕的交情，又想到蔡文姬悲惨的身世，倘若处死董祀，文姬势难自存，于是立刻派人快马加鞭，追回文状，并宽恕其罪。

蔡文姬自朔漠归来以后嫁给董祀，起初的夫妻生活并不十分和谐。就蔡文姬而言，饱经离乱忧伤，已经是残花败柳之身了，再加上思念胡地的两个儿子，时常神思恍惚；而董祀正值鼎盛年华，生得一表人才，通书史，谙音律，是一位自视甚高的人物，对于蔡文姬自然有一些无可奈何的不足之感，然而迫于丞相的授意，只好勉为其难地接纳了她，董祀犯罪当死，何尝不是在不如意的婚姻中，所产生的叛逆行为而导致的结果

呢？蔡文姬当然明白其中的道理，因而铆足了劲，要为丈夫开脱，终于以父亲的关系，激起曹操的怜悯之心，而救了董祀一命。

从此以后，

董祀感念妻子的恩德，在感情上作了一百八十度的大转弯，开始对蔡文姬重新评估，夫妻双双也看透了世事，溯洛水而上，居住在风景秀丽、林木繁茂的山麓。若干年以后，曹操狩猎经过这里，还曾经前去探望。

相传，当蔡文姬为董祀求情时，曹操看到蔡文姬在严冬季节，蓬首跣足，心中大为不忍，命人取过头巾鞋袜为她换上，让她在董祀未归来之前，留居在自己家中。曹操的文学成就也是震古烁今的，这样的人就特别的爱书，尤其是难得一见的书，在一次闲谈中，曹操表示出很羡慕蔡文姬家中原来的藏书。当蔡文姬告诉他原来家中所藏的四千卷书，几经战乱，已全部遗失时，曹操流露出深深的惋惜之情，当听到蔡文姬还能背出四百篇时，又大喜过望，立即说："既然如此，可命十名书吏到尊府抄录如何？"蔡文姬惶恐地答道："妾闻男女有别，礼不授亲，乞给草笔，真草唯命。"这样蔡文姬凭记忆默写出四百篇文章，文无遗误，满足了曹操的愿望，也可见蔡文姬的才情之高。

蔡文姬传世的作品除了《胡笳十八拍》外，还有《悲愤诗》，被称为我国诗歌史上文人创作的第一首自传体的五言长篇叙事诗。"真情穷切，自然成文"，激昂酸楚，在建安诗歌中别构一体。

胡笳是中国古代吹孔气鸣乐器。汉时流行于塞北和西域，是汉魏鼓吹乐中的主要乐器。据文献记载，其最初的形制是将芦叶卷起来吹奏，后来把芦苇制成哨，装在木制无按孔的管子上吹奏，即宋人陈旸《乐书》中的大胡笳、小胡笳。还有用羊角制作管身的。清代《皇朝礼器图式》中载胡笳的形制为："木管三孔，两端加角，末翅而上，口哆（张口）。"

细草微风岸，危樯独夜舟。星垂平野阔，月涌大江流。名岂文章著，官应老病休。飘飘何所似，天地一沙鸥。

——杜甫《旅夜抒怀》

去年今日此门中，人面桃花相映红。人面不知何处去，桃花依旧笑春风。

——崔护《题都城南庄》

念乡关，梦难寻

瑞鹤仙 （绀烟迷雁迹） 蒋捷

　　这是一首宋朝亡后，词人重归故乡望月抒怀的作品。词人回到故里，面对寒月抚今追昔，写下此篇。上阕极言环境之萧条冷落，用丁令威化鹤之典抒山河依旧物是人非之深慨。下阕前几句作绚丽之笔描绘故国上元夜之欢乐繁盛，以昔衬今。"柯云罢弈"以下连用两个传说抒发往事如梦。恍若隔世的怅惘之情。"劝清光"几句充满江山易主之悲，也隐含着对那些亡国后依旧寻欢作乐之人的指责。全词格调沉郁悲凉，辞情深微含蓄。

　　蒋捷是一位爱国志士。宋亡后隐居不仕，颇有气节，为时人所称道。了解了这一点，便容易把握本词的思想感情。上阕"绀烟"三句，是夜景之始。"风檠"三句，灯光暗淡，月色亦清冷。"琼瑰"二句，暗用李白《静夜思》诗意，写在外时常见月思乡。"漫将"二句，如今身竟归来，而旧游多不能记。下阕换头承上，开头回忆京师上元夜之繁华，便是这一感情的突出表现。结尾几句的语意也很明显，劝月光"休照红楼夜笛"，

是因为那里所歌唱的是新朝歌舞的乐舞，恐怕嫦娥也不熟悉这些音乐。其故国之思及对趋奉朝而求欢乐之人的怨之情不难体会。词意深婉，有一股幽怨勃郁之气。先著评曰："句意警拨，多由于拗峭，然须炼之精纯，殆不失于生硬"（《词话》）。通篇字精语练，结构严密，悲凉沉郁，深婉含蓄。

> 绀烟迷雁迹。渐碎鼓零钟，街喧初息。风檠背寒壁。放冰蟾飞到，丝丝帘隙。琼瑰暗泣。念乡关、霜芜似识。漫将身、化鹤归来，忘却旧游端的。
>
> 欢极。蓬壶藻浸，花院梨溶，醉连春夕。柯云罢弈。樱桃在，梦难觅。劝清光，乍可幽窗相伴，休照红楼夜笛。怕人间、换谱伊凉，素娥未识。

绀（gān干）：深青带红的颜色。

檠（qíng晴）：灯架，也代指灯。

冰蟾：月亮的别称，传说月中有蟾蜍，月光洁白若冰，所以得名。

琼瑰：指美玉，此处喻指晶莹的泪珠。

乡关：家乡。

青红色的烟云，遮隐了飞雁的踪迹。钟鼓的声音渐渐零落疏稀，大街上喧闹的声音也刚刚止息。风中不停摇曳的孤灯，背对寒冷的空壁，只任凭那泠泠的月光，透过结满蛛网的空隙，我暗自伤心悲泣，怀念故乡如霜一般的月色照满大地。我即使化鹤归去，早已忘却往昔游玩的意趣。往日的旧游欢乐至极。整个城市沉浸在蓬壶红莲的彩灯里，梨花盛开的庭院，花月溶溶皎艳，一连几个春宵醉酒狂欢。像王质梦里观棋一般直到罢局，斧柄腐烂才收拾起残局，像裴元裕随从有人梦见邻女吃樱桃，醒来樱核坠在枕畔，那奇妙的梦境再难寻觅。我劝那明月的清光，只可与我幽窗相照为伴，不要去夜晚吹笛的红楼映照流连。恐怕人间换成了《伊州》《凉州》凄厉的北方旧曲，就连嫦娥也会感到陌生诧异。

蓬莱与神仙文化

　　"蓬莱"这一地名，从它诞生的那一刻起，就与神仙文化结下了不解之缘。据唐人李吉甫《元和郡县图志·登州·蓬莱》记载："昔汉武帝于此望蓬莱山，因筑城，以蓬莱名之。"另据资料，汉武帝于太初元年（前104年）巡幸至此，寻访神山不遇，于是筑起一座城，冠以"蓬莱"，从此有了"蓬莱"这一地名。

　　此前的公元前219年，秦始皇第一次巡游来到东海之滨，天风浪浪，海山苍苍，在这里，他看见了大海深处的海市蜃楼，如仙山琼阁，美不胜收，心神俱醉之余，征召大批方士，询问海中神山与仙药之事。一个叫徐福的方士上书奏道："言海中有三神山，名曰蓬莱、方丈、瀛洲，仙人居之。请得斋戒，与童

男女求之。"始皇大喜，立即下诏征童男女 3000，百工技艺之
人，携带五谷等物，由徐福率领，东入大海"求仙"。司马迁
在《史记》中说，徐福率领他的船队两度出海，最后到了一个
叫"平原广泽"的地方。这个"平原广泽"，据推测可能位于
日本某地。徐福出海的地点，有人认为在当时的琅邪郡，也有
人认为就在蓬莱（当时属齐郡的黄县）。

蓬莱阁坐落在蓬莱城北面的丹崖山上，与黄鹤楼、岳阳
楼、滕王阁并称四大名楼。唐代时这里曾建过龙王宫和弥陀寺，
北宋嘉祐六年（1061 年），郡守朱处约始建蓬莱阁，明代万历
十七年（1589 年），巡抚李戴在蓬莱阁附近增建了一批建筑物，
1819 年，清朝知府杨丰昌和总兵刘清和继续扩建，使蓬莱阁具
有了现在的规模。

蓬莱阁由占地 32800 平方米、建筑面积达 18960 平方米的
庞大古建筑群（共有一百多间）组
成，主阁是一座双层木结构建筑，
丹窗朱户，飞檐叠瓦，雕梁高启，
古朴伟丽，阁底环列 16 根大红楹
柱，上层绕有一圈精巧明廊，可供
游人远眺，凭栏四顾，举头红日近，
俯首白云底，山丹海碧，海天空茫。
除主阁外，主要建筑尚有吕祖殿、
三清殿、蓬莱阁、天后宫、龙王宫、
弥陀寺等，众星拱月，浑然成体，

正所谓"丹崖琼阁步履逍遥，碧海仙槎心神飞越"。

晚清时，刘鹗游过蓬莱阁后记述道："话说山东登州府东门外有一座大山，名叫蓬莱山。山上有个阁子，名叫蓬莱阁。这阁造得画栋飞云，珠帘卷雨，十分壮丽。西面看城中人户，烟雨万家；东面看海上波涛，峥嵘千里。所以城中人士往往于下午携尊挈酒，在阁中住宿，准备次日天未明时，看海中出日，习以为常。"

"到了阁子中间，靠窗一张桌子旁边坐下，朝东观看，只见海中白浪如山，一望无际。东北青烟数点，最近的是长山岛，再远便是大竹、大黑等岛了。那阁子旁边，风声呼呼直响，仿佛阁子都要摇动似的。天上云气一片一片叠起，只见北边有一片大云，飞到中间，将原有的云压将下去。并将东边一片云挤得越来越紧，越紧越不能相让，情状甚为谲诡。过了些时，也就变成一片红光了。"

登上蓬莱，只见海天一色，海鸟翔鸣，蔚为壮观。这一区域能领略到蓬莱十景中的"万斛珠玑、狮洞烟云、晚潮新月、渔梁歌钓、日出扶桑、神仙现市、万里澄波"。

蓬莱的一大奇观便是海市蜃楼，每年秋天是海上最容易出现海市奇观的季节，迷蒙神奇的海市出现时，但见缥缈的幻景"聚而成形，散而成气，千姿百态，瞬息万变。忽而似楼台，如亭阁；忽而像奇树，如怪峰；时而横卧海面，时而倒悬空中，若断若连，若隐若现，朦胧中似乎还有人影在晃动。一会儿长桥飞架，一会儿楼阁高耸，东部倒挂的奇峰刚刚隐去，西边林

立的烟囱又赫然入目……"

由于海市，才有了蓬莱、瀛洲、方丈三神山之说，才有了秦皇汉武的寻仙之事，才有了白居易笔下"忽闻海上有仙山，山在虚无缥缈间"的诗句。蓬莱民间自古便盛行崇尚神仙之风。蓬莱的神仙文化，缘起于海市，兴起于战国时期，至明、清时期，郡志上记载的地方性神仙人物已多达数十位。相传正月十六是天后（海神娘娘）的生辰，所以蓬莱人有正月十六赶庙会的习俗。这天，人们从四面八方赶往蓬莱阁天后宫，进香膜拜、求签许愿、捐香火钱。各地民众组织戏班、秧歌队到蓬莱阁戏楼、广场上表演，届时蓬莱阁上人山人海，热闹非凡。而在此之前的正月十三、十四，渔民们要过渔灯节，人们纷纷到蓬莱阁的龙王宫送灯、进奉供品，祈求龙王爷保佑，以图新的一年出海平安和渔业丰收。按照风俗，许多人要供祭船、送渔灯、放鞭炮，同时举行娱乐活动。若是新春时节，渔民造了新船，船主会择黄道吉日，让船头披彩，船桅挂红旗，然后设供品、点蜡烛、焚香纸、鸣鞭炮、行大礼，接着用朱砂笔为新船点睛、开光，高呼"波静风顺""百事大吉"，再送船入海。

　　苏东坡道:"东方云海空复空,群仙出没空明中。"当地传说,一天,吕洞宾、张果老、铁拐李、汉钟离、曹国舅、何仙姑、蓝采和、韩湘子共八位神仙在蓬莱阁上聚会饮酒,酒至酣时,商议到海上一游。汉钟离便把大芭蕉扇往海里一扔,袒胸露腹仰躺在扇子上,向碧海漂去;何仙姑不甘示弱,将荷花往水中一抛,伫立荷花之上,凌波踏浪而去。其他诸仙也纷纷将各自宝物抛入水中,借助宝物游向东海。这一举动惊动了龙宫,八仙与东海龙王发生冲突,引起争斗,东海龙王还请来南海、北海、西海龙王,掀起狂涛巨浪,双方打得难分难解。幸好观音菩萨从此经过,经劝解双方才罢战。从此留下"八仙过海,各显神通"的美丽传说。

　　元朝末年,全真教兴起后,八仙传说中的吕洞宾、汉钟离成为该教"北五祖"中的人物,各种神仙传说纷纷附会于蓬莱,经民间通俗文化的大肆渲染、传播,"蓬莱"于是成为"仙境"的代名词。

　　　杂县寓鲁门,风暖将为灾。吞舟涌海底,高浪驾蓬莱。神仙排云出,但见金银台。陵阳挹丹溜,容成挥玉杯。姮娥扬妙音,洪崖颔其颐。升降随长烟,飘飘戏九垓。奇龄迈五龙,千岁方婴孩。燕昭无灵气,汉武非仙才。

　　　　　　　　　　　　　　——郭璞《游仙诗》

第五辑

一梦归

铜仙铅泪似洗，叹携盘去远，难贮零露。

病翼惊秋，枯形阅世，消得斜阳几度？

馀音更苦。甚独抱清高，顿成凄楚？

谩想熏风，柳丝千万缕。

英名常在，物是人非

永遇乐 （京口北固亭怀古） 辛弃疾

这首词题为"京口北固亭怀古"，是《稼轩词》中著名的爱国篇章之一。词作先写词人抗敌救国的雄图大志。再写词人对恢复大业的深谋远虑和为国效劳的忠心。

词的上阕追念在京口建立功业的孙权、刘裕。孙权以区区江东之地，抗衡曹魏，开疆拓土，造成了三国鼎峙的局面。尽管斗转星移，沧桑变幻，舞榭歌台，遗迹沦湮，然而他的英雄业绩则是和千古江山相辉映的。刘裕生在贫寒之家，后来在势单力薄的情况下逐渐壮大起来。以京口为基地，削平了内乱，取代了东晋政权。他曾两度挥师北伐，收复了黄河以南的大片故土。这些振奋人心的历史事实，被形象地概括为"想当年，金戈铁马，气吞万里如虎"。英雄人物留给后人的印象是深刻的，因而"斜阳草树，寻常巷陌"，传说中刘裕的故居遗迹，还能引起人们的瞻慕追怀。在这里，词人抒发的是思古之幽情，写的是现实的感慨。无论是孙权或刘裕，都是从战争中开创了基业，建国东南的。这和南宋统治者苟且偷安于江左，忍气吞声的怯懦表现，形成了鲜明的对照！

下阕"元嘉草草，封狼居胥"几句也是用历史事实来借古喻今。"元嘉"是南朝宋文帝的年号。宋文帝刘义隆是刘裕的儿子。他非但未能继承父业，而且还好大喜功，听信王玄谟的北伐之策，打了一场无准备之仗，结果是一败涂地。封狼居胥是用汉朝霍去病战胜匈奴，在狼居胥山（今属内蒙古自治区）举行祭天大礼的故事。宋文帝听了王玄谟的话，对臣下说："闻王玄谟陈说，使人有封狼居胥意。"辛弃疾用宋文帝"草草"（草率的意思）北伐终于惨败的历史事实，来作为对当时伐金须做好充分准备、不能草率从事的深切鉴戒。"仓皇北顾"，是看到北方追来的敌人张皇失色的意思，宋文帝战败时有"北顾涕交流"的诗句。韩侂胄于开禧二年北伐战败，次年被诛，正中了辛弃疾的"赢得仓皇北顾"的预言。

"四十三年"三句，由今忆昔，有屈赋的"美人迟暮"的感慨。辛弃疾于绍兴三十二年（1162 年）率众南归，至开禧元年在京口任上写下了这首《永遇乐》词，正好是四十三年。"望中犹记"两句，是说在京口北固亭北望，记得四十三年前自己正在战火弥漫的扬州以北地区参加抗金斗争。（"路"是宋朝的行政区域名，扬州属淮南东路。）后来渡淮南归，原想凭借国力，恢复中原，然而南宋朝廷却昏聩无能，使他英雄无用武之地。如今过了四十三年，自己已成了老人，而壮志依然难酬。辛弃疾追思往事，不胜身世之感！

"佛狸祠下，一片神鸦社鼓"两句用意是什么呢？佛狸祠在长江北岸今江苏六合县东南的瓜步山上。元嘉二十七年（450年），元魏太武帝拓跋焘南侵时，曾在瓜步山上建行宫，后来成为一座庙宇。拓跋焘小字佛狸，当时流传有"虏马饮江水，佛狸明年死"的童谣，所以民间把它叫做佛狸祠。这座庙宇，南宋时仍在。其实这里的"神鸦社鼓"，也就是东坡《浣溪沙》词里所描绘的"老幼扶携收麦社，乌鸢翔舞赛神村"的情景，是一幅迎神赛会的生活场景。辛弃疾在词里摄取佛狸祠这一特写镜头，则是有其深刻寓意；它和上文的"烽火扬州"有着内在的联系，都是从"可堪回首"这句话里生发出来的。四十三年前，完颜亮发动南侵，曾以扬州作为渡江基地，而且也曾驻扎在佛狸祠所在的瓜步山上，严督金兵抢渡长江。四十三年过去了，当年扬州一带烽火漫天，瓜步山也留下了南侵者的足迹，这一切记忆犹新，而今佛狸祠下却是神鸦社鼓，一片安宁祥和的景象，全无战斗气氛。辛弃疾感到不堪回首的是，隆兴和议以来，朝廷苟且偷安，放弃了多少北伐抗金的好时机，使得自己南归四十多年，而恢复中原的壮志无从实现。在这里，深沉的时代悲哀和个人身世的感慨交织在一起。

辛弃疾对韩侂胄

的这次北伐是赞成的，但是他认为必须做好准备工作；而准备
是否充分，关键在于举措是否得宜，在于任用什么样的人主持
其事。他曾向朝廷建议，应当把用兵大计委托给元老重臣，暗
示以此自任，准备以垂暮之年，挑起这副重担；然而事情并不
像所想象的那样简单，于是他就发出"凭谁问：廉颇老矣，尚
能饭否"的慨叹，词意转入了最后一层。

只要读过《史记·廉颇列传》的人，都会很自然地把"一
饭斗米，肉十斤，披甲上马"的老将廉颇，和"精神此老健如
虎，红颊白须双眼青"（刘过《呈稼轩》诗中语）的辛弃疾联
系起来，感到他借古人来作为自己的写照，形象是多么饱满、
鲜明，比拟是多么贴切、逼真！不仅如此，稼轩用这一典故还
有更深刻的用意，那就是他把个人的政治遭遇放在当时宋金民
族矛盾，以及南宋统治集团的内部矛盾的焦点上来抒写自己的
感慨，赋予词中的形象以更丰富的内涵，从而深化了词的主题。
这可以从下列两方面来体会。

首先，廉颇在赵国，不仅是一位"以勇气闻于诸侯"的猛
将，而且在秦赵长期相
持的斗争中，他是一位
能攻能守，猛勇而不孟
浪，持重而不畏缩，为
秦国所惧服的老臣宿将。
赵王之所以"思复得廉
颇"，也是因为"数困于

秦兵"，谋求抗击强秦的情况下，才这样做的。因而廉颇的用
舍行藏，关系到赵秦抗争的局势、赵国国运的兴衰，而不仅仅
是廉颇个人的沉浮得失问题。其次，廉颇此次之所以终于没有
被赵王起用，则是由于他的仇人郭开搞阴谋诡计，蒙蔽了赵王。
廉颇个人的遭遇，正反映了当时赵国统治集团内部的矛盾和斗
争。从这一故事所揭示的历史意义，结合词人四十三年来的身
世遭遇，特别是从不久后他又被韩侂胄一脚踢开，落职南归时
所发出的"郑贾正应求死鼠，叶公岂是好真龙"（《瑞鹧鸪·乙
丑奉祠舟次余杭作》）的慨叹，再回过头来体会他作此词时的
处境和心情，就会更深刻地理解他的忧愤之深了，也会惊叹于
他用典的出神入化了。

　　辛弃疾词的创作方法，有一点和他以前的词人有明显的不
同，那就是运用大量的历史典故。如这首词就用了这许多历史
故事。有人因此说他的词缺点是喜欢"掉书袋"。岳飞的孙子
岳珂在其所著的《桯史》中说"用事多"是这首词的毛病，这
是不恰当的批评。我们应该作具体的分析：辛弃疾原来有许多
词确实是过度运用典故，但是这首词却并非如此。它所用的故
事，除了最后的廉颇一事以外，都是有关镇江的史实，眼前的
风光，是"京口怀古"这个题目所应有的内容，和一般辞章家
的用典故不同。况且他用的这些故事，都和这首词的思想感情
紧密相联，就艺术手法来说，环绕作品的思想内容而使用许多
史事，以加强作品的说服力和感染力，这在宋词里是不多见的，
这正是这首词的长处。杨慎《词品》说辛词当以京口北固亭怀

古《永遇乐》为第一。这是一句颇有见地的评语。

　　千古江山，英雄无觅，孙仲谋处。舞榭歌台，风
流总被，雨打风吹去。斜阳草树，寻常巷陌，人道寄
奴曾住。想当年，金戈铁马，气吞万里如虎。
　　元嘉草草，封狼居胥，赢得仓皇北顾。四十三年，
望中犹记，烽火扬州路。可堪回首，佛狸祠下，一片
神鸦社鼓。凭谁问：廉颇老矣，尚能饭否？

永遇乐：此调又名《消息》。上下阕，104 字，有平韵、仄韵两
体。平韵体始见于柳永《乐章集》，仄韵体则是南宋陈允平所创制。

京口：今江苏镇江。晋蔡谟筑楼北固山上，称北固亭。

孙仲谋：孙权，字仲谋。建安十三年（208 年）孙权迁都京口。
"舞榭歌台"指孙权的故宫。

寄奴：宋武帝刘裕小字寄奴，生于京口，家境贫穷，故云"寻
常巷陌"。

想当年：指义熙十二年（416 年）刘裕督军北伐后秦，收复洛
阳、长安。

元嘉草草：元嘉二十七年（450 年），宋文帝刘义隆命王玄谟北
伐，为后魏击败。

封：筑台祭天。汉霍去病追击匈奴至内蒙古西北之狼居胥山，
封山而还。刘义隆尝听王玄谟谈论北伐，感到"使人有封狼居胥意"。
"北顾涕交流"，则是他于兵败滑台后写的诗。

四十三年：开禧元年（1205年）辛弃疾出守京口，上距绍兴三十二年（1162年）率众南归，前后四十三年。佛狸祠在今江苏六合瓜步山上。佛狸为北魏太武帝跖跋焘小字。元嘉二十七年（450年），他追击宋军至长江北岸的瓜步。

廉颇：廉颇是战国时赵国名将，被谗入魏。赵王有意起用，遣使问讯。廉颇一饭斗米，肉十斤，披甲上马，以示能战。使者回来谎报赵王说："与臣坐，顷之三遗矢（多次拉屎）矣。"赵王以为老，遂罢。否：音读如"釜"。

大好江山永久地存在着，但是却无处去找孙权那样的英雄了。当年的歌舞楼台，繁华景象，英雄业迹都被历史的风雨吹打而随时光流逝了。如今，夕阳照着那草木杂乱、偏僻荒凉的普通街巷，人们说这就是当年寄奴曾经住过的地方。回想起当年，刘裕率兵北伐，兵多将广，武器精良，气势好像猛虎一样，把盘踞中原的敌人一下子都赶回北方去了。

南朝宋文帝（刘裕的儿子）在元嘉年间也曾经兴兵北伐，想要再建立封狼居胥山那样伟大的功业，但是由于草率从事，结果只落得自己兵败，北望追兵仓皇而逃。四十三年过去了，

现在再向北遥望，还记得当年扬州一带遍地烽火。往事真是不堪回想，后魏皇帝佛狸的庙前，香烟缭绕，神鸦的叫声和社日的鼓声不绝于耳！谁还来问：廉颇老了，饭量还好吗？

文人掉书袋

考"掉书袋"一词，所来自由。虽为俗语，却含义精道，指事雅俊。专门指文人在说话撰文的时候，喜好征引和借助古书，以此显示自己知识渊博。"掉书袋"早期的实践者，一个是南唐仕人彭利用，一个是南宋词家辛弃疾。彭先人读的史书太多了，记忆也太好了，以至于居家过日子，和家人拉家常的时候也是子曰诗云，引经据典，微言大义均有出处。意犹不及的地方，自然免不了断章破句、截文取义，弄得一家老小非常不舒服。

彭先人掉书袋的功夫，在于"口掉"，口若悬河，间不容发！"笔掉"呢，当然要数大词人辛弃疾了。稼轩笔掉的功夫，入词融境，也就是能在韵辙整肃的诗词里将书袋灵活地契入，而且能够做到雁影无痕，功夫炉火纯青。《永遇乐》更是通篇用典了："千古江山，英雄无觅，孙仲谋处。舞榭歌台，风流总被，雨打风吹去。斜阳草树，寻常巷陌，人道寄奴曾住。想当年，金戈铁马，气吞万里如虎。元嘉草草，封狼居胥，赢得仓皇北顾。四十三年，望中犹记，烽火扬州路。可堪回首，佛狸祠下，一片神鸦社鼓。凭谁问：廉颇老矣，尚能饭否？"一曲

赏罢，专家们拊掌称赞：稼轩用典，自然天成！由此，我们可以将掉书袋归纳为以下几条：一是"掉书袋"作为一种文化现象，在中国，古来就有，且"掉"风甚盛；二是"掉书袋"作为写文章的一种方法手段，有着高迈低微之分；三是"掉书袋"作为汉语词条，其属归应为中性，即掉得好，是博学多才，而掉不好，则成了显摆卖弄。"掉"字本身是无所谓好与不好的。

应当说，大凡读书人都明白"掉书袋"不过是"徒以诗文而已，所谓雕虫"（顾亭林），可为什么老有人热衷于这等雕虫小技呢？墨西哥诗人雷耶斯回答得很精辟："一些人主动接受权威，以求减轻自己的负担，接受权威最终成了主要解决方式。"当你不愿意（或者不能够）在思维和文字领域艰辛地开拓时，就只能靠批发他人的文字，经营文字"杂货店"。

虽说"掉书袋"一直为人所诟所讥，但它偏偏能扎根文坛。科举时代"我注六经"的八股文甚至成为一种官方行为。仅仅是蒙点虚名、冒点酸水倒也罢了，更可笑的是还有靠"掉书袋"谋官图权的。《资治通鉴》载：有一卖饼的无赖叫侯思止，因告密被擢为将军，但他还嫌官小，求武则天将自己升为御史。武则天说："卿不识字，岂堪御史。"他立马"掉"一"书袋"："獬豸何尝识字，但能触邪耳。"獬豸是传说中的一种异兽，在见人争

执时总是用角顶坏人。女皇一高兴便封了他个御史。

通常说来，中华文明五千年，文化长河源远流长，虽然经历了历代的文化浩劫，时间的消磨，但是直到现在我们国家的藏书仍然得以亿兆的"袋"计——书袋的多而大，幽而深，如古井、如湖海，"中华汉字，本身就是一个特号大书袋。"（著名红学家周汝昌语）因此，凡是有点文化的人，一不留神，就会掉进去。掉书袋，从宏观上看，是一种自发性的文化传承现象，是文人无行而有术的一种势力表演，最精彩的部分都在幕后，最浅陋的部分显出深刻；掉书袋，表面上是关注历史，其实内里是注重未来，它将千古历史、悠悠文化很潇洒地移花接木到今天的现实之中。

现代的知识学问，大部分是通过书籍来传播的。如茨威格所说的："所谓文化，没有书籍也就无从存在了。"较之远古的竹简龟板，我们真可算是在书海中遨游了。如果说从前"掉书袋"还要四下去找去抄的话，那么在文化高度发达的今天，每个人则都是被"书袋"包围着。这让人想起了美国作家福克纳在获诺贝尔文学奖时的发言："叙述冒险的时代已经过去，冒险的叙述时代即将开始。"确实，当一种又一种的形式、一批又一批的典故、一个又一个的词汇都已被前人甚至今人使用过时，你每每提笔，不都是在"冒险的叙述"吗？冒着沾他人余沫之险，冒着陷入老路旧辙之险……当然，也在冒"掉书袋"之险。

不过凡事"在所自处耳"。对"要想而想不到，欲说而说不出的东西"，周作人往往是以读书笔记的形式，通篇摘抄引用古书，但加上自己的开头结尾，以及引文与引文之间的连缀点染，使之极萧寥闲远之致，可谓是一种创造。他说："模仿是奴隶，影响却是可以的。"

其实，许多大师都是"融百家而了无痕"的用典借词高手。"子美作诗，退之作文，无一字无来历"，留下令我们高山仰止的文学瑰宝。"但肯寻诗就是诗，灵犀一点是吾师，夕阳芳草寻常物，解用都为绝妙词。"天下可写的东西实在很多，何必去"掉书袋"让人笑话呢？

朱雀桥边野草花，乌衣巷口夕阳斜。旧时王谢堂前燕，飞入寻常百姓家。

——刘禹锡《乌衣巷》

大江东去，浪淘尽，千古风流人物。故垒西边，人道是，三国周郎赤壁。乱石崩云，惊涛裂岸，卷起千堆雪。江山如画，一时多少豪杰。

遥想公瑾当年，小乔初嫁了，雄姿英发。羽扇纶巾，谈笑间、樯橹灰飞烟灭。故国神游，多情应笑我，早生华发。人生如梦，一樽还酹江月。

——苏轼《念奴娇·赤壁怀古》

清高孤傲凌波仙
花犯赋水仙（楚江湄）周密

晚唐和南宋末期的诗词作品中咏物题材较多，这种情况是在文人发现难以干预政治衰亡的情势下，借用咏物诗词作为排遣愁思的途径，净化心灵的工具。这首《花犯》就是这个时期咏物词中的名篇，意境清幽，用语淡雅，不粘滞于尘事，不着意于色相。这种词人所凝神观察、悉心表达的美感，让人回味无穷。

本词借咏水仙花表现词人自己高洁的情操，上阕先用神话传说写水仙不同凡艳的清姿与高洁。下阕则抒写对水仙的悼惜之情及赞美水仙耐寒的品性，寄寓了词人自己的主体人格。本词之妙，在于咏物而不滞于物，舍貌取神。将水仙花比拟成湘妃，也是很贴切的。湘妃正是水中仙子，扣合水仙花的名字，也符合水仙花的习性，上阕用如梦似幻的笔法，描写水仙花的神韵。那芳心难寄的幽怨，"香云随步起"的丰神的月下亭亭玉立的逸韵，笔意轻灵。

起首三句"楚江湄，湘娥乍见，无言洒清泪"。楚江，楚

地之江河，此处应指湘江。湘娥，帝舜的两位妃子娥皇、女英，湘水女神。水仙种于布满小鹅卵石的水盆中，叶丛中挺生花茎，上开白色带黄的伞状花。根茎色白如玉，茎叶初生含绿色，上面也渗些水，便使人觉得浴露凌波，为之神爽。水仙这冰清玉洁的样子，便如湘江边上，湘水女神娥皇、女英凌波现身一样，仿佛还在无言地落泪。下句说"淡然春意"。水仙花生于冬春之交，含有淡淡的春意，淡然也就是不粘滞于尘事，不着意于色相。"空独倚东风，芳思谁寄"作问语，是从鉴赏者的角度写的。水仙独临东风而立，美好的情思寄托给谁呢？自然是无所寄托的；拟人则是高洁难有知音。"凌波路冷秋无际，香云随步起"，凌波，本指起伏的波浪，多形容女子走路时步履轻盈。湘娥凌波微步，带起香云，描写水仙在水中的倩影。《洛神赋》有"凌波微步，罗袜生尘"句。虽然不是秋天但凌波的水仙散出无限轻冷的寒意，在春天气氛中给人以秋感。高观国《金人捧露盘·水仙花》："有谁见罗袜尘生，凌波步弱，背人羞整六铢轻"，却嫌着色相。上阕结尾两句："谩记得、汉宫仙掌，亭亭明月底。"看她凌波微步，观者的思绪不禁随之飘远，想起汉宫前捧承露盘的金铜仙人在明月下的亭亭玉影。

下阕暂离水仙本身，主要抒写由水仙引发的联想，赞美水仙国色多情甘受寂寞的高洁。发乎景而言情，借湘妃鼓瑟抒写水仙的幽怨，并感叹世人不赏识和不理解水仙花的价值。实际上是寄寓着词人怀才不遇，不为世所重用的感恨。冰弦，指筝。《长生殿·舞盘》："冰弦玉柱声嘹亮，鸾笙众管音飘荡。"此处用来比喻水仙，水仙如冰弦，弹来怨情更多。以有声的冷弦比喻无声的水仙，此种通感手法可以收到奇效。赵闻礼《水龙吟·水仙》："乍声沈素瑟"，又"含香有恨，招魂无路，瑶琴写怨。幽韵姜凉，暮江空渺，数峰清远"，相比之下这句写的辞繁，但意思却是一样的。张炎《西江月·题墨水仙》："独将兰蕙入《离骚》，不识山中瑶草"，与此处用意相似。接下三句："春思远，谁叹赏、国香风味。"水仙春思悠远，韵味深长，但很少有人赏识这种国香风味。国香，是指气味芬芳的花，一般指兰、梅等。亦用于赞扬人的品德，黄庭坚《次韵中玉水仙花》："可惜国香天不管，随缘流落小民家"，已寄此意。"相将共、岁寒伴侣"赞美水仙清高孤傲，不畏寒冷的品格，也有词人的自许之意。结尾的几句是写灯下欣赏水仙的真情，神清意远，隐约表现出词人高蹈尘俗，绝世独立的精神气质。"小窗净、沉烟熏翠袂"，水仙摆在明净的小窗前，沉香的烟缭绕着水仙抽出的绿叶。翠袂，比喻水仙的叶。结尾两句书写一种意境："幽梦觉，涓涓清露，一枝灯影里。"当人一觉幽梦醒来时，只见灯影中有一枝身上带有点点露珠的水仙花。如此清新隽永的画卷令人印象十分深刻。

> 楚江湄，湘娥乍见，无言洒清泪。淡然春意。空独倚东风，芳思谁寄。凌波路冷秋无际，香云随步起。谩记得、汉宫仙掌，亭亭明月底。

冰弦写怨更多情，骚人恨，枉赋芳兰幽芷。春思远，谁叹赏、国香风味。相将共、岁寒伴侣，小窗净、沉烟熏翠袂。幽梦觉，涓涓清露，一枝灯影里。

楚江湄：泛指江南的江流。湄水滨，水和草交接的地方。

凌波：凌虚踏波。用曹植《洛神赋》典。

汉宫仙掌：汉武帝时所建造之金铜仙人。

那清秀的水仙花高洁无比，仿佛是楚江江畔满含幽怨的湘妃，她默默无言洒下点点清泪，透出清新淡然的春意。独自空倚春风，满怀心绪芳情能够向谁托寄？又踏着水波盈盈地走来，一路上秋色凄冷，茫茫无边。随着她那轻盈的步履，升腾起香云香气。我还依稀记得，她正像是捧着承露盘的金铜仙女，在明月下亭亭玉立。我仿佛听到她弹奏起琴瑟冰弦，更多情地抒写着心中的哀怨，屈原抒发牢骚怨恨，只是将芳香的兰草幽洁的白芷歌叹，竟然忽略了多情的水仙。水仙含着悠远的春意芳香，谁来欣赏赞叹这天姿国色的风味？我将把水仙作为岁寒季节的友伴。小窗儿明净，沉香的缕缕轻烟将她的翠袖熏染。从幽迷的梦境中醒来，只见一枝水仙沾着点点清露，独立在灯影之中。那情味，更令人意远神迷。

化竹的公主

中国历史上最可歌可泣的女神是娥皇和女英。她们是尧帝的两个女儿，又是舜帝的爱妃，刘向的《列女传》记载，她们曾经帮助大舜机智地摆脱了弟弟"象"的百般迫害，成功地登上王位，事后又鼓励舜以德报怨，宽容和善待那些死敌。她们的美德因此被载入史册，受到民众的广泛称颂。

传说大舜在登基之后，与两位心爱的妃子娥皇和女英泛舟海上，度过了一段美好的蜜月。晋代王嘉的《拾遗记》称，他们乘坐的船用烟熏过的香茅作为旌旗，又用散发着清香的桂枝作为华表，并且在华表的顶端安装了精心雕琢的玉鸠，这是记载中最古老的风向标，它可以为水手调整帆具提供依据。但是这项发明却不能预测突如其来的噩耗。

舜帝晚年时巡察南方，在一个叫做"苍梧"的地方突然病故，失去了丈夫的娥皇、女英姐妹，面对奔流的湘江，痛哭失声。流水远逝，正如她们的丈夫一去不返，不能复生。芦蒿无边，江雾苍茫，临风凭吊，更添哀伤。无力北返，伤痛难禁，娥皇、女英在痛哭之后，投湘江自尽了。同情这对姐妹的人们，从此将她们视作专司腊月的花神水仙。还说，她们的眼泪滴在湘江边的竹子上，泪痕不褪，点点成斑。楚地的人们知道之后，都为她们的遭遇感到悲哀，于是就将洞庭山改名为君山，并在山上为她俩筑墓安葬，造庙祭祀。

传说天帝因为姐妹的痴情而怜悯她们，依照她们生前身份的不同，舜帝被封为湘水之神，号曰"湘君"，娥皇、女英则为湘水女神，号曰"湘夫人"。湘江边沾着这对姐妹思夫泪痕的斑竹，因此被称为"湘妃竹"。

但《水经注·湘水》对她们的死因，却有截然不同的说法，它的记载说大舜出征南方，而这两位妃子是随军家属，在湘水里淹死，或许是因游泳时发生了不幸的意外。但是《水经注》的文字过于简略，使我们完全不得要领。

娥皇与女英生前是贤妻良母，而在死后却变成了风流成性的"湘君"，有的典籍则统称"湘夫人"，还有的则望文生义地弄出了一对"湘君"和"湘夫人"，并把被称

为"湘君"的娥皇误认作男人。历史文本在漫长的转述过程中发生了严重失真。

《山海经》扼要地描述了湘夫人们在湘江流域和洞庭湖水系里兴风作浪的过程。她们死于湘水，此后突然性情大变，行为方式充满了哀怨，出入总是风雨大作，雷电交加，仿佛要把冤死的怒气洒向人间。她们四周还时常会出现古怪的神仙，长相很像人类，脚下手上却缠握着毒蛇，俨然就是娥皇与女英。这使她们的气势变得更加嚣张。这种氛围长期缠绕着湘楚人民，令他们的生活散发出诡异动荡的气息。

　　梦湘云，吟湘月，吊湘灵。有谁见、罗袜尘生。凌波步弱，背人羞整六铢轻。娉娉袅袅，晕娇黄、玉色轻明。

　　香心静，波心冷，琴心怨，客心惊。怕佩解、却返瑶京。杯擎清露，醉春兰友与梅兄。苍烟万顷，断肠是、雪冷江清。

——高观国《金人捧露盘·水仙花》

　　凌波仙子生尘袜，水上盈盈步微月。是谁招此断肠魂，种作寒花寄愁绝。含香体素欲倾城，山矾是弟梅是兄。坐对真诚被花恼，出门一笑大江横。

——黄庭坚《王充道送水仙花五十支》

世事沧桑，独抱清高

齐天乐 （一襟余恨宫魂断） 王沂孙

　　王沂孙生活于宋末元初，切身经历了南宋的剧变，世事的变迁在他个人思想上留下了一丝极其深刻的且挥之不去的痛。在这首词里，词虽然隐晦纡曲，却也深婉有致，借咏蝉来寄托词人对现实政治的思考。这首词以蝉比喻宫女的灵魂，借以抒发亡国之痛。

　　"一襟余恨宫魂断"。起笔不凡，用"宫魂"二字点出题目。据马缟《中华古今注》："昔齐后忿而死，尸变为蝉，登庭树嘒唳而鸣，王悔恨。故世名蝉为齐女焉。"词中带有浓郁的感伤色彩。词的起笔直摄蝉的神魂，从而避开了蝉的环境和形态。"年年翠阴庭树"，齐女自化蝉以后，年年栖身于庭树翠阴之间，生活在孤寂凄清的环境之中。写蝉在"翠阴庭树"间的鸣叫声。它忽而哽咽，忽而哀泣，声声凄婉。蝉在哀鸣，如齐女魂魄在诉怨。"离愁深诉"承上"宫魂余恨""重把"与"年年"相呼应，足见"余恨"之绵长，"离愁"之深远。

　　"西窗过雨"，借秋雨送寒，意谓蝉的生命将尽，其音倍增哀伤。然而，"瑶珮流空，玉筝调柱"，雨后的蝉声却异常宛转动听，清脆悦耳，恰如击打玉珮流过夜空，又如玉筝弹奏声在窗外起，令闻者极为惊讶。"瑶珮流空，玉筝调柱"形容蝉声，它使人联想到有这样一位女子：她素腰悬佩，悠然弄筝。这位女子或许就是齐女宫魂生前的化影吧！一度欢乐与"西窗过雨"后的悲哀相对照，产生一种强有力的对比。"镜暗妆残，为谁娇鬓尚如许"是描写蝉的羽翼，出现在读者面前的却仍然是一位幽怨女子的形象。女子长期无心修饰容颜，妆镜蒙尘，失去了光泽。既然如此，今天何以如此着意打扮？不甘寂寞还是心中有所期待？这里的"为谁"和上文"怪"字呼应，实为怜惜。

上阕咏蝉，从正反两面互为映衬。转而写蝉的饮食起居。"铜仙铅泪似洗，叹携盘去远，难贮零露。"词从"金铜仙人"故事写入，含意深远，用事贴切，不着斧凿痕迹。据史载，汉

武帝铸手捧承露盘的金铜仙人于建章宫。魏明帝时，诏令拆迁洛阳，"宫官既拆盘，仙人临载，乃潸然泪下"。李贺曾作《金铜仙人辞汉歌》，有句云："空将汉月出宫门，忆君清泪如铅水。"以餐风饮露为生的蝉，露盘已去，何以卒生。"病翼惊秋，枯形阅世，消得斜阳几度"，写哀蝉临秋时的凄苦心情。蝉翼微薄，哪堪阵阵秋寒，将亡枯骸，怎受人世沧桑。

"余音更苦"，蝉之将亡，仍在苦苦哀鸣，令人顿觉凄苦异常。"余音"与上阕"重把离愁深诉"呼应。"甚独抱清高，顿成凄楚""清高"意谓蝉的本性宿高枝，餐风露，不同凡物，似人中以清高自诩的贤人君子。哀音飒飒，苦叹造化无情，结局竟如此辛酸。

"谩想熏风，柳丝千万缕"光明突现：夏风吹暖，柳丝摇曳，那正是蝉的黄金时代。辉光虽好，但已是明日之黄花，欢乐不再，徒增痛苦而已。《花外集》和《乐府补题》中都收录了这首词。《乐府补题》是宋遗民感愤于元僧杨琏真伽盗发宋代帝后陵墓而作的咏物词集。词中的齐后化蝉、魏女蝉鬓，都是与王室后妃有关，"为谁娇鬓尚如许"一句，还有可能关于孟后的发髻。词中运用金铜承露的典故，影射宋朝灭亡及帝陵被盗的事情。咏物托意，而且以意贯串，没有痕迹。

王沂孙的咏物诗《齐天乐·蝉》比骆宾王的《在狱咏蝉》更加悲凉。王沂孙正当报国的年华，却目击国家的败亡，黯然神伤，又流落异族之手，情何以堪？所以他的词，倍觉抑郁哽咽，表露出亡国之民无可奈何的心境和吞吐难言的苦闷。词中凄咽的寒蝉，是失国亡家之人的象征。"宫魂"，点明朝廷的崩溃。"乍咽""还移"，是亡国之后，流徙无居、朝不保夕的生活苦境的形象写照。"为谁娇鬓尚如许"，感叹多情的秋蝉，依旧如从前那样保持着娇好的容颜，实则是残破的江山，再也难以恢复从前的气象了。无限的悲痛，都从"为谁"二字里出。下阕，"铜仙"句，暗含宋朝王室重宝的流散，如此无可奈何，却唯有一个"叹"字。"病翼惊秋，枯形阅世，消得斜阳几度"，自寓身世，极尽哀婉凄怆。"馀音"数句，大声疾呼、痛哭流涕，转而无语凝咽。无限沧桑之感、遗臣孤愤之心，洞然可见。结句忽作太平清明之时的漫想，回首前尘，聊作痛定之后虚渺的慰藉，本来亡国之恨，日夜缠绕，词却只在梦中将最繁丽的旧时风光留住，以乐景写哀情，是何等之痛。全词境界浑厚，铺陈安排得非常巧妙，又处处留下了寄托寓意，给读者留有思考的空间，并且线索分明，不枝不蔓，结构细密。词中清气流转、安排巧思、化典活用、词法多样化、赋写喻托的显著特点，丰富了咏物之作的内容和表现技巧，在整个中国咏物文学的发展演变进程中居于重要地位。

　　一襟余恨宫魂断，年年翠阴庭树。乍咽凉柯，还移暗叶，重把离愁深诉。西窗过雨。怪瑶珮流空，玉筝调柱。镜暗妆残，为谁娇鬓尚如许。

　　铜仙铅泪似洗，叹携盘去远，难贮零露。病翼惊秋，枯形阅世，消得斜阳几度？馀音更苦。甚独抱清

高，顿成凄楚？谩想熏风，柳丝千万缕。

宫魂：指蝉，据马缟《中华古今注》记载：传说齐后因受冤屈，非常怨恨，自杀死后，尸体变蝉。

咽：哽咽。

凉柯：指秋天的树枝。

瑶珮：即玉佩。

调柱：调整筝的丝弦。

镜暗妆残：本指女子容颜衰老，这里指秋蝉。

娇鬓：借喻蝉翼娇美。

　　宫人忿然魂断，满腔的余恨没有办法消除。因此化作哀苦的鸣蝉，年年栖息在翠阴庭树上。你刚在乍凉的秋枝上幽咽，一会儿又移到密叶的深处，再把那离愁向人们倾诉。西窗外下过了一阵疏雨，我奇怪的是，为何你的叫声不再凄苦，反而好似玉佩在空中流响，又像是佳人抚弄着筝柱。明镜已经变得暗淡无光了，你也无心打扮装束，而今又是为了谁，你的鬓发却仍然如此娇美？金铜仙人离开了故国，告别了故乡，只

能以铅泪洗面，可叹她携盘远行，再也不能为你贮存清露，你
残弱的双翼害怕秋天，枯槁的形骸阅尽人间的荣枯，还能经受
得住几次黄昏日暮？凄咽的残鸣尤为凄楚，为何独自把哀愁的
曲调反复悲吟，一时间变得如此清苦。你只有徒自追忆那逝去
的春风，吹拂着柔弱的嫩柳千丝万缕。

蝉与中国文化

中国古代典籍中有关蝉的记载可谓是品种繁多、资料齐备，
蝉与中华民族的文化生活结下了不解之缘，它是文人士子寄托
理想、隐喻身世的重要情感载体。患难与牢骚是古代咏蝉诗的
主要内容，触蝉生情和借蝉象征是咏蝉诗的重要艺术手段。蝉
文化是中国传统文化长期积淀的结果，可以用蝉来比喻一种品
格，蝉诗作品中融进了历代文人在遭到贬谪之后的凄怆情怀，
并带有一种覆国亡家的哀思和民族精神的寄托。

"造化生微物，常能应候鸣"（唐许裳《闻蝉》）。又是骄阳
似火的夏季，那些被法布尔誉为"不知疲倦的歌手"的鸣蝉
们，又一次在林间枝头上开始了它们的歌唱。古往今来，它们
那"知了、知了"的鸣唱，曾使多愁善感的诗人们写下了多少
优美动人的诗篇啊！

"高蝉多远韵，茂树有余音"（宋朱熹《南安道中》）。蝉声
响亮而高远，对此古诗中有许多生动的描写，比如南朝诗人萧
子范就曾在《后堂听蝉》一诗中这样写道："流音绕丛藿，余响

彻高轩";唐代大诗人刘禹锡在《酬令狐相公新蝉见寄》一诗中也写道:"清吟晓露叶,愁噪夕阳枝。忽而弦断绝,俄闻管参差";而唐代另一位诗人卢同在《新蝉》一诗中对此描写得更为形象生动:"泉溜潜幽咽,琴鸣乍往还。长风剪不断,还在树枝间。"

"今朝蝉忽鸣,迁客若为情?便觉一年老,能令万感生"(唐司空曙《新蝉》)。一样的蝉鸣,在不同的人听来往往会有不同的感受,生发出各种不同的感慨来。这蝉声曾使长年漂泊在外的唐代大诗人白居易乡愁顿起:"一闻愁意结,再听乡心起。渭上新蝉声,先听浑相似。衡门有谁听?日暮槐花里"(《早蝉》);这蝉声也曾使唐代另一位大诗人刘禹锡心生凄凉:"蝉声未发前,已自感流年。一入凄凉耳,如闻断续弦"(《答白刑部闻新蝉》);这蝉鸣还曾使有志无成、空有一腔报国热情却无处施展的唐代诗人雍裕之潸然泪下:"一声清溽暑,几处促流身。志士心偏苦,初闻独泫然"(《早蝉》)。蝉本无知,蝉鸣也本不关愁,然而许多诗人却闻蝉而愁,这都只不过是因为诗人自己心中有愁,"以我观物,故物

皆著我之色彩"（王国维《人间词话》）的缘故罢了。正如宋代诗人杨万里所说："蝉声无一添烦恼，自是愁人在断肠"（《听蝉》）。因此，我们就不难理解了：五代楚国诗人刘昭禹在《闻蝉》一诗中对蝉"莫侵残日噪，正在异乡听"的劝阻；唐代诗人卢殷在《晚蝉》一诗中对蝉"犹畏旅人头不白，再三移树带声飞"的抱怨；唐代另一位诗人姚合在《闻蝉寄贾岛》一诗中对蝉鸣"秋来吟更苦，半咽半随风"的描写；宋代词人刘克庄在《三月二十五日饮方校书园》一诗中对蝉"何必雍门弹一曲，蝉声极意说凄凉"的感受，都只不过是诗人各自的内心情感的外现与物化罢了。

　　"得饮玄天露，何辞高柳寒"（南朝·陈刘删《咏蝉诗》），"饮露身何洁，吟风韵更长"（唐戴叔伦《画蝉》）。现在我们已经知道，蝉的幼虫生活在土壤里，是靠吸食植物根部的汁液维持生命的，而成虫则靠吸食树木枝干的汁液为生。然而，古人却误以为蝉是靠餐风饮露为生的，因此把蝉视为高洁的象征，并描写它赞颂它，或借此来寄托理想抱负，或以之暗喻自己坎坷不幸的身世。隋朝旧臣虞世南，被唐太宗李世民留用后，由于才高学广，为人正直，深得器

重，于是，他笔下的鸣蝉就成了具有高标逸韵人格的象征，成了诗人自己是因为立身高洁而不是因为凭借外在的力量才被重用的表白。在这首题为《蝉》的诗中，诗人写道："垂缕饮清露，流响出疏桐。居高声自远，非是藉秋风。"而作为"初唐四杰"之一、生活时代与虞世南相去不远的骆宾王，在高宗仪凤三年（678年）也写过一首《在狱咏蝉》诗："西陆蝉声唱，南冠客思深。不堪玄鬓影，来对白头吟。露重飞难进，风多响易沉。无人信高洁，谁为表予心。"写这首诗时，本来担任侍御史的骆宾王，已因上疏论事触忤武后，遭诬，以贪赃罪名下狱，身陷囹圄。这首诗借蝉抒怀，以"露重""风多"喻处境的险恶，以"飞难进"喻政治上的不得意，以"响易沉"喻言论被压制，以"无人信高洁"喻自己的品性高洁却不为时人所理解。全诗取譬贴切，用典自然，语多双关，于咏物中寄情寓兴，由物到人，由人到物，达到了物我一体的境界，是咏蝉诗中不可多得的佳作。而晚唐诗人李商隐的《蝉》诗则是这样写的："本以高难饱，徒劳恨费声。五更疏欲断，一树碧无情。薄宦梗犹泛，故园芜已平。烦君最相警，我亦举家清。"诗人满腹经纶，抱负高远，然而却由于为人清高，生活清贫；后来，又意想不到地陷入牛李党争的夹缝之中，不受重用，潦倒终身。因而诗人在听到蝉的鸣唱时，自然而然地由蝉的立身高洁联想到自己的清白，由蝉之无同情之人联想自己同样也是无同道相知。于是，不由自主地发出"高难饱""恨费声"的慨叹。三首诗都是唐代借咏蝉以寄意的名作，但由于三位诗人的地位、际遇、气质不同，使三诗旨趣迥异，各臻其妙，被称为唐代咏蝉诗的"三绝"。清人施补华《岘佣说诗》对这一点的评论可谓一语中的："同一咏蝉，虞世南'居高声自远，端不藉秋风'，是清华人语；骆宾王'露重飞难进，风多响易沉'，是患难人语；李商隐'本以高难饱，徒劳恨费声'，是牢骚人语。比兴不同如此。"

与颂扬蝉的高洁相反，咏蝉诗中也有讥讽蝉的污浊的。唐末诗人陆龟蒙和罗隐的《蝉》诗便是如此。在陆龟蒙的笔下，蝉是卑鄙无能之辈："只凭风作使，全仰柳为都；一腹清何甚，双翎薄更无。"而在罗隐的笔下，蝉则是趋炎附势之徒："大地工夫一为遗，与君声调偕君绥。风栖露饱今如此，应忘当年滓浊时。"两诗借蝉言志，对唐末的社会腐败、官场污浊，进行了有力的讽刺和批判。

此外，唐朝诗人雍陶的"高树蝉声入晚云，不唯愁我亦愁君。何时各得身无事，每到闻时似不闻"（《蝉》）；清代诗人朱受新的"抱叶隐深林，乘时慧慧吟。如何忘远举，饮露已清心"（《咏蝉》），也都是借蝉抒怀的佳句，句中各有比兴寄托。而南朝诗人陈正见的"风高知响急，树近觉声连"（《赋得秋蝉和柳应衡阳王教诗》）、唐朝诗人徐夤的"朝催篱菊花开露，暮促庭槐叶坠风"（《初秋行圃》）虽是即景写景，却亦具有一番清新别致的机趣。

　　本以高难饱，徒劳恨费声。五更疏欲断，一树碧无情。薄宦梗犹泛，故园芜已平。烦君最相警，我亦举家清。

——李商隐《蝉》

　　垂绥饮清露，流响出疏桐。居高声自远，非是藉秋风。

——虞世南《蝉》

　　西陆蝉声唱，南冠客思深。不堪玄鬓影，来对白头吟。露重飞难进，风多响易沉。无人信高洁，谁为表予心。

——骆宾王《在狱咏蝉》

空有壮志催白发

贺新郎 (湛湛长空黑) 刘克庄

辛弃疾经常采用《贺新郎》这个词牌，这个词牌适于抒写豪放的感情，刘克庄也爱采用，他存世的全部词作中有百分之十六七是使用这一词牌的作品。这首题作"九日"的作品，是重阳节登高抒怀之作。但是词人又不落俗套，把一首重阳词写得颇有特色："白发书生神州泪"，词人慨叹自己的老大和中原的沦陷，内容充实，感情深厚；"常恨世人新意少"一句则恰恰从这种恨世人少新意的本身显示出了一点难得的心意。应该说，这首词是刘克庄有代表性的一篇佳作。

上阕首句很有分量。"湛湛长空黑"是登上高楼放眼眺望所见，展现出开阔的空间，而用"黑"字描绘黄昏，显然是用夸张的笔法表述心情的沉重。然后以"更那堪"为枢纽，转出"斜风细雨"，笔调忽转细腻。"乱愁如织"，比喻贴切，充满了低沉的情调，而接下来的几句又以磅礴的气势扫荡了这种低沉。"老眼平生空四海，赖有高楼百尺。看浩荡、千崖秋色。""浩荡"二字，既描绘出千崖秋色，也表现了词人开

阔的胸襟，一语双关。接下来，由"浩荡"转为"凄凉"的同时，立即用齐景公牛山滴泪的典故，反衬自己由于感慨神州陆沉而滴下的忧国之泪，其性质与程度是难以比况的，因此"凄凉"又立即转成了悲壮。文章贵有波澜，如此跌宕顿挫，才能把词人胸中的感慨抒发透彻。

下阕承"白发书生"进行发挥，从今昔对比中发出了深沉的叹息："少年自负凌云笔。到而今、春华落尽，满怀萧瑟。"主要是抒写自己少年时的豪情与才气，并进一步突出如今的满怀家国之恨。下边更引出了"常恨世人新意少"的名句。何以见得世人少有新意？"爱说南朝狂客。把破帽年年拈出。"这里用的是"孟嘉落帽"的典故。用典故贵有新意，大家手笔，往往能够化腐朽为神奇，刘克庄嘲笑世人缺少新意，这本身，也未尝不是一点新意。下边写出饮酒，语颇癫狂，好像词句本身也浸透着几分醉态："若对黄花孤负酒，怕黄花也笑人岑寂。"词人以"白发书生"自称，已经感到"满怀萧瑟"了。赏花饮酒，聊以自慰。但是，萧瑟岑寂之感是破除不了的，仔细体味起来，词句之中仍然隐含着悲凉的情调。"鸿北去，日西匿"的结尾，写天际广漠之景物，与首句相呼应。刘克庄的词眼界力求开阔，胸襟力求高旷，以达到雄健豪壮的格调，他的这一追求，在这首《贺新郎》里已经得到了体现。既用豪放笔，又恰当地穿插细笔把"大声"和"小声"结合起来，从而达到"欲托朱绂写悲壮"的目的。

湛湛长空黑，更那堪、斜风细雨，乱愁如织。老眼平生空四海，赖有高楼百尺。看浩荡、千崖秋色。白发书生神州泪，尽凄凉、不向牛山滴。追往事，去无迹。

少年自负凌云笔，到而今、春华落尽，满怀萧瑟。常恨世人新意少，爱说南朝狂客。把破帽年年拈出。若对黄花孤负酒，怕黄花也笑人岑寂。鸿北去，日西匿。

九日：指农历九月九日重阳节。

湛湛：深沉，这里指满天黑云。

空四海：望尽了五湖四海。

高楼百尺：指爱国志士登临之所。

白发书生：指词人自己。

暗沉沉的天空一片昏黑，又交织着斜风细雨。实在令人难以忍受，我的心中纷乱如麻，千丝万缕的愁思如织。我平生就喜欢登高临远眺望四海，幸亏现在有百尺高楼。放眼望去，千山万壑尽现于点点秋色之中，我胸襟博大满怀情意。虽然只是普通的一个白发书生，流洒下的行行热泪却总是为着神州大地，绝不会像曾经登临牛山的古人一样，为自己的生命短暂而悲哀饮泣。追忆怀念以往的荣辱兴衰，一切都已经杳无踪迹了。少年时我风华正茂，气冲斗牛，自以为身上负有凌云健笔。到而今才华如春花凋谢殆尽，只剩下满怀萧条寂寞的心绪。常常怨恨世人的新意太少，只爱说南朝文人的疏狂旧事。每当重阳吟咏诗句，动不动就把孟嘉落帽的趣事提起，让人感到有些厌烦。如果对着菊花而不饮酒，恐怕菊花也会嘲笑人太孤寂。只看见鸿雁向北飞去，一轮昏黄的斜阳渐渐向西边沉了下去。

孟嘉落帽与重阳登高

孟嘉（296～349年），字万年，阳辛人，他是三国时吴国司空孟宗的曾孙，也是陶渊明的外祖父，少年时代就以才华出众而远近闻名。孟嘉历任东晋庐陵从事、征西大将军长史、从事中郎。他学识渊博，才思敏捷，沉着豁达，行不苟合。公元346年，孟嘉回到故乡，任阳新县令，后卒于家。

据《晋书·孟嘉传》记载：晋朝永和年间（345～356年），明帝的女婿桓温任征西大将军，孟嘉任参军，颇受桓温的赏识。有一年重阳节，桓温在龙山（今安徽当涂东南）设宴招待文武官员，场面十分隆重，官员们都穿着肃穆的戎装，大家饮酒赋诗，啸咏骋怀。突然一阵大风刮来，把孟嘉的官帽吹落了，但是孟嘉本人却一直没有察觉，仍然在饶有兴味地和别人作文酬答、饮酒赋诗。中国古代是十分讲究冠

冕礼仪的，子路有"君子死，冠不可免"的名言，所以，在这样隆重盛大的场合落帽而不觉，实在是有伤大雅的事情，为士吏的大忌。桓温暗令与会的文学家孙盛趁孟嘉入厕的机会，把帽子放到孟嘉的座位上，并且作文对他进行讥笑。孟嘉回来一看，立即乘兴创作进行唱和。由于他知识渊博，文辞俊雅，一语既出，四座皆惊，左右的官员无不叹服。后人便把这件事变成了一则著名的典故，比喻文人不拘小节，风度潇洒，纵情诗文娱乐的神态，"笑怜从事落乌纱"的佳话也就成为登高雅事。又因为重阳节之后天气逐渐变寒，因此称重阳节为"授衣之节，落帽之辰"（《岁华纪丽》）。

唐代诗人李白曾经在游览龙山时忆起孟嘉落帽的往事，于是写下了《九日龙山饮》一诗："九日龙山饮，黄花笑逐臣。醉看风落帽，舞爱月留人。"次日，李白意犹未尽，又作《九月十日即事》一诗："昨日登高罢，今朝又举觞。菊花何太苦，遭此两重阳。"李白还在《九日》诗中借用这一典故："落帽醉山月，空歌怀友生。"辛弃疾的《念奴娇》词："龙山何处？记当

年高会，重阳佳节。谁与老兵共一矣？落帽参军华发！"张子容《除夕乐成逢孟浩然》："远客襄阳郡，来过海岸家。尊开柏叶酒，灯发九枝花。妙曲逢卢女，高才得孟嘉。东山行乐意，非是竞豪华。"都是借用了孟嘉的典故。直到现在，仍然有不少人认为，重阳节登高饮宴风俗的产生，与孟嘉落帽的故事有着密切的渊源。

　　江涵秋影雁初飞，与客携壶上翠微。尘世难逢开口笑，菊花须插满头归。但将酩酊酬佳节，不作登临恨落晖。古往今来只如此，牛山何必独沾衣。

——杜牧《九日齐山登高》

　　九月九日眺山川，归心归望积风烟；他乡共酌金花酒，万里同悲鸿雁天。

——卢照邻《九月九日玄武山旅眺》

把酒临江慰屈原

临江仙 （高咏楚词酬午日） 陈与义

此词是陈与义在建炎三年（1129年）所作，这一年，陈与义流寓湖南、湖北一带；据《简斋先生年谱》记载："建炎三年己酉春在岳阳，四月，差知郢州；五月，避贵仲正寇，入洞庭；六月，贵仲正降，复从华容还岳阳。"又《宋史·陈与义传》载："及金人入汴，高宗南迁，遂避乱襄汉，转湖湘，踚岭桥。"这首《临江仙》所反映的是国家遭受兵乱时节，词人在端午节凭吊屈原，感伤时，借此来抒发自己的爱国情怀。

词一开头，一语惊人。"高咏楚词"，透露了在节日中的感伤情绪和壮阔胸襟，屈原的高洁品格给词人以激励，他高声吟诵楚辞，深感流落天涯之苦，节序匆匆，自己却报国无门。陈与义在两湖间流离之际，面对现实回想过去，产生无穷的感触，他以互相映衬的笔法，抒写"榴花不似舞裙红"，用鲜艳灿烂的榴花比鲜红的舞裙，回忆过去春风得意、声名籍籍时的情景。宣和四年（1122年），陈与义因《墨梅》诗为徽宗所赏识，名震一时，权贵要人争相往来，出入歌舞宴会的频繁，可想而知。

而现在流落江湖，"兵甲无归日，江湖送老身"（《晚晴野望》），难怪五月的榴花会如此触动他对旧日情景的追忆。但是，"无人知此意，歌罢满帘风"，有谁能理解他此刻的心情呢？高歌《楚辞》之后，满帘生风，其慷慨悲壮之情，是可以想象的，但更加突出了词人的痛苦心情。从"高咏"到"歌罢"一曲《楚辞》的时空之中，词人以一个"酬"字，交代了时间的过渡。酬即对付、打发，这里有度过之意（杜牧《九日齐山登高》诗："但将酩酊酬佳节"）。在这值得纪念的节日里，词人心灵上的意识在歌声中起伏流动。"节序匆匆"的感触，"榴花不似舞裙红"的怀旧，"无人知此意"的感喟，都寄托于激昂悲壮的歌声里，而"满帘风"一笔，更显出词人情绪的激荡，融情入景，令人体味到一种豪旷的气质和神态。

词的下阕，基调更为深沉。"万事一身伤老矣"，一声长叹，包含了词人对家国离乱、个人身世的多少感慨之情！人老了，一切欢娱都已成往事。正如他在诗中所咏的，"老矣身安用，飘然计本疏"（《初至邵阳逢入桂林使作书问其地之安危》），"孤臣霜发三千丈，每岁烟花一万重"（《伤春》），其对自己年龄的悲叹，与词同调。"戎葵凝笑墙东"句，是借蜀葵向太阳的属性来喻自己始终如一的爱国思想。墙边五月的葵花，迎着东方的太阳开放。"戎葵"与"榴花"，都是五月的象征，词人用此来映衬自己旷达豪宕的情怀。"戎葵"虽为无情之物，但"凝笑"二字，则赋予葵花以人的情感，从而更深刻地表达词人的思想感情。虽然年老流落他乡，但一股豪气却始终不渝。这"凝笑"二字，正是词人自己的心灵写照，具有强烈的艺术感染力。最后三句写此时此刻的心情。满腔豪情，倾注于对屈原的怀念之中。"酒杯深浅"是以今年之酒与去年之酒比较，特写时间的流逝。酒杯深浅相同，而时非今日，不可同日而语，感喟深远。用酒杯托意而意在言外，在时间的流逝中，深化了"万事一身伤老矣"的慨叹。突出了词人的悲愤之情。情绪的激荡，促使词人对诗人屈原高风亮节的深情怀念，"试浇桥下水，今夕到湘中。"面对湘江词人祭酒的虔诚，加上这杯中之酒肯定会流到汨罗江的联想，因而在滔滔江水之中，融合了词人心灵深处的感情。从高歌其辞赋到醡酒江水，无不显示出词人对屈原的仰慕，同时也抒发了其强烈的怀旧心情和爱国情感，都已托付于这"试浇"的动作及"桥下水，今夕到湘中"的遐想之中。

元好问在《自题乐府引》中说："世所传乐府多矣，如陈去非《怀旧》云'忆昔午桥桥下（应作上）饮'又云'高咏楚辞酬午日'"，如此等等，诗家谓之言外句。含咀之久，不传之妙，隐然眉睫间，唯具眼者乃能赏之。"以此词而论，吐言天拔，豪情壮志，意在言外，确如遗山所说"含咀之久，不传之妙，隐然眉睫间"。我们从对"天涯节序匆匆"的

惋惜声中，从对"万事一身伤老矣"的浩叹中，从对"酒杯深浅去年同"的追忆里，可以领略到词人"隐然眉睫间"的豪放的悲壮情调。黄昇说《无住词》"语意超绝，识者谓其可摩坡仙之垒也"（《中兴以来绝句妙词选》卷一），指的也是这种悲壮激烈的深沉格调。

　　　　高咏楚词酬午日，天涯节序匆匆。榴花不似舞裙红。无人知此意，歌罢满帘风。

　　　　万事一身伤老矣，戎葵凝笑墙东。酒杯深浅去年同。试浇桥下水，今夕到湘中。

楚辞：一种文学体裁，也是骚体类文章的总集，这里代指屈原的作品。

午日：端午节，阴历五月五日，为纪念屈原而设。

戎葵：蜀葵，花似木槿。

　　我高声吟诵楚辞，以此来度过端午。此时我漂泊在天涯远地，是一个匆匆过客。异乡的石榴花再红，也比不上京师里的舞者裙衫飘飞，那般艳丽。没有人能理解我此时的心意，慷慨悲歌后，只有一身凉风吹过。世间万事皆沧桑变幻，如今的我只空有一身老病在。墙东的蜀葵，仿佛也在嘲笑我的凄凉。杯中之酒，看起来与往年相似，我将它浇到桥下的江水中，让江水带着流到湘江去。

屈原与楚辞

如果说《诗经》开启了中国文学现实主义的风气，以稳健的脚步步入中国文学的辽阔原野，那么以屈原为代表的"楚辞"则开创了中国文学浪漫主义的传统和个性化的写作方法，以空灵的身影飘忽于中国文学的崇山峻岭之间。

楚辞是《诗经》以后的一种新诗体，它打破了四言诗的格调，吸收了民间歌谣的形式，创造了一种参差灵活的新体裁，对后世产生了深远的影响。

屈原，名平，字原，战国后期楚国人，是楚国国君的同姓贵族。他博闻强记，擅长外交，品格高尚，但却受到佞臣的诬陷，被楚怀王放逐。在长期的流放生活中，忧国忧民的屈原写下了大量诗篇，抒发忧愤深沉的情感，这些作品成为千古传诵的杰作。相传他在得知都城失陷的消息后，投汨罗江而死。

屈原的《离骚》是我国文学史上第一篇抒情长诗，也是最长的抒情诗，共三百七十余句，二千四百多字。前半部分是诗人的人生感慨，后半部分以神话的方式描述了神游天上的一系列幻境。全诗贯穿了以理想对抗现实的浪漫主义精神，将神话、想象、历史和自然糅合在一起，以香草、美人等一个接一个的比兴寄托诗人的感情，想象丰富奇特，场面扑朔迷离，构成了一幅奇伟绚丽的画卷，表达了诗人对未来道路的探索，"路漫漫其修远兮，吾将上下而求索"。其中的讽刺寓意和现实主义

与浪漫主义相结合的创作方法，对历代文学包括诗歌的发展起到了深远的影响。

《离骚》在中国文学史上，以屈原的人格魅力和瑰丽的文采光耀千古，所以后人又将楚辞称为"骚"。屈原以他高尚的人格、非凡的文才、渊博的学识，谱写出了伟大的诗篇。他的作品还有：《天问》《九章》（一共有九篇）、《九歌》（共有十一篇）、《远游》《卜居》《渔父》。作品中反映了那个时代的变化，还有丑恶现象，无论是从诗歌的数量，还是从内容的丰富性上，或是思想的深度，都是前无古人的。

楚辞体是屈原在继承了《诗经》的四言形式，并同时对楚国的民歌进行加工和改革，然后融合在一起，创造出的一种句式变化灵活、参差错落的新诗歌形式。句式的特点是大量运用"兮"字。

楚辞具有浓厚的地方色彩，用词华丽，对偶工巧。屈原的出现，是一个标志，代表着定型化的《雅》《颂》文学的结束，文学从而逐渐进入了一个自觉的作家创作时代，使我国古典诗歌的发展进入到了一个崭新的阶段。

　　屈原在他的作品中运用丰富的想象力，将神话故事和寓言相结合，创造出了雄伟壮丽的境界，以及各种形象而生动的艺术形象，与现实形成了鲜明的对比。

　　他的作品广泛运用了比兴的手法，比《诗经》中更为丰富和复杂。在屈原以前，我国诗歌史上的作品大多是以集体创作的面目出现的，或者与其他形式的文学、哲学、史学交织在一起，屈原则是以他的个人的诗歌创作活动，确立了自己的地位。

　　"楚辞"这个词最早出现在汉武帝以前，到了西汉末年，刘向把屈原、宋玉以及汉朝效仿屈原辞赋的作家淮南小山、东方朔、王褒等人的作品，再加上自己写的《九叹》汇编成集，称为《楚辞》，其中最主要的是屈原的作品，这是我国的第一本《楚辞》专集。

　　　节分端午自谁言，万古传闻为屈原；堪笑楚江空渺渺，不能洗得直臣冤。

　　　　　　　　　　　　　　　　　　——文秀《端午》

　　　柳着河冰雪着船，小桃应误取春怜。床头有酒须君醉，又废蒲团一夜禅。

　　　　　　　　　　　　　——吕本中《正月末雪中有作》